La brama dell'Alfa

Renee Rose

Traduzione di
Ema Ferrari

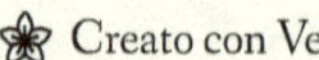 Creato con Vellum

OTTIENI IL TUO LIBRO GRATIS!

Iscrivetevi alla newsletter di Renee per ricevere Indomita, scene bonus gratuite e notifiche riguardo a nuove pubblicazioni!

https://subscribepage.com/reneeroseit

Senza titolo

La brama dell'Alfa
«Dillo, io appartengo a Ben Stone.»

Il CEO miliardario Ben "l'uomo di pietra" Stone non sorride mai, licenzia le persone all'istante e non lascia che nessuno lavori al suo stesso piano. Poi incontra Ashley, una giovane e inebriante impiegata del Marketing. Il suo profumo lo fa impazzire, accendendo una fame così profonda che non riesce a resistere alla tentazione di assumerla come sua assistente.

Ashley trova il suo capo-coglione sexy da morire nonostante, o forse proprio a causa del suo aspetto autoritario e burbero. Ha il sospetto che anche lui sia interessato a lei. Ma quando sua sorella scompare e lei riceve una telefonata ricattatoria, si ritrova al centro di un complotto progettato per farlo fuori. Ciò che lei non sa è che i suoi segreti vanno ben oltre la brutale morte del fratello in Sud America.

NOTA: La brama dell'Alfa include sculacciate e scene di sesso violente e intense. Se questo materiale ti offende, ti preghiamo di non acquistare questo libro.

Nota dell'autrice

Cari lettori,

Quando mi sono ritornati i diritti di pubblicazione della serie *Alpha Doms* dalla Stormy Night Publications, l'editore originale, ho pensato a una rielaborazione/riscrittura importante, come ho fatto con la serie *Made Men*. Sono passati quasi dieci anni da quando La brama dell'Alfa è stato pubblicato e la mia capacità di scrittura, il mio stile e i miei contenuti si sono evoluti in modo significativo. Amo ancora il kink, ma mi sono allontanata dallo stile punitivo, mantenendomi più nel regno del sexy. Alla fine, ho deciso di lasciare la serie così com'è, un'immagine nel tempo. Per quanto possa essere umiliante per me, lasciandola così com'è, potete cogliere la mia evoluzione come narratrice. *La brama dell'Alfa* (2015) è la mia versione di un capo miliardario e lupo mutaforma 1.0., *Alpha's Temptation* (2017) è diventato il 2.0 e *Big Bad Boss* (2024) è il 3.0. Chissà che forma prenderà il 4.0? Come sempre, sono eternamente grata a voi, lettori, che mi fate continuare a scrivere, a portare avanti la mia arte e a imparare a trovare nuova profondità con ogni storia che racconto. Grazie per le vostre letture, e, se siete stati con me fin dall'inizio, un milione di baci per essermi rimasti accanto per tutto questo tempo.

La brama dell'Alfa

Capitolo uno

B en premette il pulsante del garage sulla tastiera dell'ascensore e si strofinò il viso. Mentre l'unità scendeva nel vano, gli si rizzarono i peli sulla nuca. Il suo istinto lo avvertì di prestare attenzione.

A cosa? Alzò lo sguardo per leggere da quale piano stava passando e senza pensarci, premette il successivo. L'ascensore si fermò e le porte si aprirono. Mise il piede su un lato per tenerle aperte, ascoltando. Gli si accapponò la pelle. Sì, qualcuno o qualcosa era lì.

Uscì, muovendosi silenziosamente. La maggior parte delle luci erano spente, gli schermi dei computer erano in modalità in screensaver. Alle diciannove e trenta, tutti i suoi cinquecento ventitré dipendenti erano andati via. Voltò l'angolo e i suoi sensi si acuirono quando vide il braccio di una donna steso sul pavimento, proteso da una delle postazioni. Si lanciò in avanti, l'adrenalina lo stava già facendo mutare parzialmente.

Una giovane donna giaceva distesa supina sul pavimento, con gli occhi chiusi. Cosa diavolo—? Mentre lui si lanciava per inginocchiarsi al suo fianco, lei aprì gli occhi e strillò. Si rialzò in piedi. «S- signor Stone!»

Lui le afferrò le braccia e la sollevò in piedi, facendo un respiro profondo e sperando che la vista gli tornasse normale. Qualcosa nella sensazione della sua pelle sotto i palmi gli rendeva più difficile rilassarsi. La lasciò andare. Tuttavia, i peli sulle braccia si rizzarono, il suo istinto urlavano per attirare la sua attenzione. Perché? Quale pericolo c'era lì?

«Cosa è successo?»

«Oh, niente!» esclamò la giovane donna, scostandosi le lunghe onde rosso-castano dal viso. «Ho solo... ho un'emicrania e mi colpisce la vista, quindi non volevo guidare. Stavo cercando di mandarla via meditando.» Parlò velocemente, senza dubbio agitata per il fatto di avere il proprietario e CEO dell'azienda proprio alla sua postazione. «Mi dispiace, sono sicura che sembrava che fossi svenuta o fossi crollata. Non volevo allarmarla.» Gli occhi azzurri sembravano rimpiccioliti dal dolore, ma, nonostante ciò, la sua bellezza era innegabile. Zigomi alti, occhi grandi e una bocca larga e sensuale. Mentre le guardava le labbra, la vista gli si offuscò di nuovo, mettendo a fuoco l'area periferica insieme al suo viso. Sbatté le palpebre, respingendo la minaccia di mutazione, sperando che le sue iridi non avessero cambiato colore. Lei non sembrava aver notato nulla. Strano... nessuna donna umana, diavolo, nessuna femmina in assoluto aveva mai avuto un effetto simile su di lui.

«Lavori qui?» le chiese con tono sgarbato.

L'odore acre della paura gli fece capire che l'aveva innervosita. Il che non era una novità. Nei tre anni del suo impero, i dipendenti della Stone Technologies avevano imparato a stare attenti a come si muovevano con lui. Lui non tollerava nessuno di loro. Sapeva come lo chiamavano: *l'uomo di pietra*. Perché non sorrideva mai.

«Sì, signor Stone. Questo è il mio ufficio. Sono un'assistente al marketing.» Afferrò una foto incorniciata di sé e di una ragazza che le sembrava identica e la sollevò. «Vede? Questa è la mia scrivania.»

«Non puoi avere l'autorizzazione di sicurezza. Come pensavi di chiudere a chiave andandotene dopo l'orario di lavoro?»

Spalancò gli occhi. «Beh, Steve sta ancora lavorando nell'ufficio di Ricerca e Sviluppo. Ha detto che potevo restare finché c'era lui qui.»

Per qualche ragione, il pensiero che fosse in confidenza con qualcuno di nome Steve, chiunque fosse, gli fece venire voglia di strappargli la gola. Si scosse. Cosa c'era che non andava in lui? «Come ti chiami?»

«Ashley. Ashley Bell.» Lei gli tese la mano.

«Ben Stone.» Le prese il palmo, provando ancora una volta una strana reazione al contatto con la sua pelle. Una sensazione di calore gli solleticò il braccio.

«Lo so» disse lei con un sorriso.

Lui tirò indietro la mano, turbato dalla propria reazione al contatto con una femmina umana. «Prendi le tue cose. Ti riaccompagno a casa» disse bruscamente.

La sua bocca espressiva si strinse in una piccola 'O' di stupore. «Ehm, non è necessario, signor Stone. Posso chiamare un amico, o un taxi, o...» Si interruppe alla sua occhiata severa. «Va bene» disse docilmente. Lui colse un sentore di un altro odore, mescolato alla paura: eccitazione.

Si irrigidì. Era per lui? Il lupo che c'era in lui si sollevò e dovette controllare il respiro.

Ashley aprì un cassetto e afferrò la borsa. Un libro tascabile cadde a terra. Lui lo recuperò prima che lei potesse afferrarlo.

«Oh, quello è-»

Lo girò per guardare la copertina. Un uomo con il torso nudo e gli addominali scolpiti ornava la parte anteriore, con il vento che gli scompigliava i capelli lunghi fino alle spalle. Una lettrice di romanzi rosa. Carina.

«Quello... non è mio» disse debolmente, mentre un bel rossore le colorava le guance.

La sua bocca si contrasse in un sorriso. «Giusto» disse, restituendoglielo con un sopracciglio alzato che la fece arrossire di nuovo.

Lo infilò nella borsa e si leccò le labbra. La vista della sua lingua gli mandò un impulso di calore al cazzo. Fece un altro respiro e lo tirò fuori lentamente, cercando di capire cosa stesse succedendo. La ragazza era umana, ne era sicuro. Non era la sua compagna destinata. Era debole. Fragile. Assolutamente non in grado di sopportare una marchiatura. Come poteva evocare i suoi desideri più bassi quando nessuna femmina, umana o lupa, lo aveva mai fatto?

Le toccò la schiena per lasciarla passare e pensò di sentirla rabbrividire, l'odore di eccitazione si fece più forte. Lei gli lanciò un'occhiata furtiva da sotto le ciglia.

Chiuso nell'ascensore con lei, il suo profumo gli riempì le narici. Portava una ricca fragranza alla vaniglia, ma era il suo profumo naturale sotto a scaldargli il sangue. Voleva toccarla di nuovo, voleva ammorbidire la linea tra le sue sopracciglia, quella che tradiva il suo dolore.

Resisti, Ben.

«Allora, da quanto tempo lavori per me?» Lei alzò lo sguardo, le sue labbra formarono una graziosa smorfia. «Quasi due anni.»

«Ti piace?»

Esitò un attimo. «Sì, sì, certo.»

«Cosa c'è che non ti piace?»

«Ho detto che mi piace» protestò.

«Non sei una gran bugiarda.»

Arrossì. «Sono davvero felice qui. Sono solo...» si leccò di nuovo le labbra. «Non vedo l'ora di assumermi più responsabilità.»

La ricompensò con un barlume di sorriso. «Molto diplomatica, Ashley. Lo apprezzo. È un'abilità che mi manca.»

Sorrise e abbassò lo sguardo sui suoi piedi come per nasconderlo. Chiaramente aveva sentito tutte le voci su di lui.

«Quindi ti annoi?»

Le porte dell'ascensore si aprirono, dandogli l'opportunità di toccarle di nuovo la schiena per accompagnarla fuori. I suoi fianchi ondeggiarono, i tacchi scricchiolarono sul cemento.

«No... beh, onestamente? Sì. Ma capisco che devo farmi strada. E sono disposta a farlo.»

«Potrebbe esserci un posto da assistente personale all'ultimo piano, se ti interessa.» Non sapeva cosa glielo avesse fatto dire. La sua segretaria aveva cercato di fare da assistente personale per lui fin dal giorno in cui aveva preso in mano la compagnia dopo la morte del fratello, e lui l'aveva respinta. Ma qualcosa in Ashley Bell lo inebriava. Non poteva averla, ma voleva tenerla vicina, anche se ciò significava rinunciare alla sua ambita privacy e alla solitudine.

Spostò lo sguardo di lato. «È un posto di segretaria indorato?»

Resistette all'impulso di darle una pacca sul sedere che ondeggiava. «Pensi che sia troppo basso per te? Ti assicuro che lo stipendio è almeno il doppio, forse il triplo di quello che guadagni ora.»

«No, io...» Arrossì di nuovo.

Voleva spingerla contro la sua Mustang nera e baciarle le labbra carnose.

«Mi dispiace, sono stata maleducata. Lavorerei per lei?»

«Sì... Lo trovi scoraggiante?»

Lei emise una risatina. «Sì» ammise. «Ma sarebbe anche il principale punto di interesse.» La sua risposta gli fece più piacere di quanto volesse ammettere. Aveva bisogno di rimettersi in piedi. «Ti starei convincendo ad accettare questo lavoro?» chiese seccamente.

«Oh...» Il suo sorriso svanì. «Certo che no. Sarei onorata di essere presa in considerazione per la posizione, ovviamente.»

Colse un altro sentore della sua eccitazione. Era eccitata dalla sua severità? La stessa che faceva lamentare i suoi dipendenti? I lupi rispondevano al predominio, ma gli umani erano un miscuglio eterogeneo. Mentre riusciva a far strisciare tutti i suoi dipendenti con poco più di uno sguardo di disapprovazione, non tutti amavano sottomettersi. Questa qui, a quanto pareva, viveva per questo. Forse era il motivo della sua attrazione per lei.

Le aprì la portiera lato passeggero e le guardò le gambe tornite mentre le ripiegava in macchina. Quando salì accanto a lei, le chiese l'indirizzo e lo inserì nel navigatore. Poi iniziò a interrogarla. «Istruzione?»

«Laurea triennale in inglese/studi cinematografici presso il Colorado College.»

«Media dei voti?»

«Trenta e lode, membro della Phi Beta Kappa.»

«Esperienza lavorativa?»

«Tre anni come barista da Starbucks, due anni come

cameriera al Red Lobster. Uno stage con Channel Four News. Quasi due anni qui.»

«Quanti anni hai?»

«Venticinque.» Si strofinò le tempie.

Si pentì all'istante di averle fatto il terzo grado. «Mi dispiace» disse, addolcendo il tono. «Ti sto facendo peggiorare il mal di testa?» Si rese conto che era diventata più pallida da quando avevano lasciato l'edificio.

«No» disse, ma lui sapeva che era una bugia.

«Non siamo obbligati a parlare» disse.

Disattivò il sistema di navigazione e seguì la mappa, guidando in silenzio finché non raggiunse il suo duplex in mattoni nel quartiere alla moda ma di transizione di Denver.

«Ti vengo a prendere domattina. Fatti trovare pronta per le sette.»

Lei rimase a bocca aperta. «Cosa? Davvero?»

Scrisse il suo numero di cellulare sul retro di un biglietto da visita. «Chiamami se l'emicrania ti impedisce di venire al lavoro.»

Lei sbatté le palpebre, sembrava sbalordita. «Mi viene a prendere? Domattina?»

«Beh, hai lasciato la macchina nel parcheggio, no?»

«Sì, ma...»

Agitò la mano con impazienza con la sua solita maleducazione, facendola scendere dalla macchina.

«Grazie, signor Stone.»

«Buonanotte» disse bruscamente, mettendo la marcia prima ancora che lei chiudesse la portiera.

Doveva andarsene prima di seguirla dentro e strapparle i vestiti di dosso, marchiarla con i denti e reclamare la piccola umana... Scosse la testa. Non poteva succedere. Perché lei non glielo avrebbe perdonato, per prima cosa. E lui non aveva relazioni, comunque. No, questo sviluppo molto strano, questo improvviso interesse per una donna umana non poteva essere perseguito. Punto.

Sospirò e si strofinò il palmo della mano sul viso, il suo profumo ancora persistente nelle narici.

***

Nonostante il pulsare nella testa, i sensi di Ashley si erano risvegliati al contatto con Ben Stone. Che magnetismo. Alcuni dicevano che aveva la personalità di un cubetto di ghiaccio, ma tutto ciò che aveva percepito era pura potenza maschile. Anche attraverso il suo impeccabile completo firmato, aveva visto il contorno dei muscoli scolpiti nelle sue braccia e nel petto. L'aspetto scuro e latino trasudava prodezza sessuale e il silenzio lo rendeva misterioso. E quegli occhi verde pallido sembravano tremolare fino all'ambra sotto le luci fluorescenti dell'ufficio...

Lasciò cadere le sue cose e si preparò a fare un bagno, riempiendo un asciugamano di ghiaccio per la nuca. Caldo sul corpo, freddo sulla testa. Non che funzionasse mai. Niente aiutava quando aveva un'emicrania. Le squillò il telefono e guardò per vedere chi stava chiamando. Melissa, la sua gemella. Premette il tasto verde. «Ehi, come va?»

Melissa viveva a due ore di distanza, a Colorado Springs, ma si parlavano ancora quasi ogni giorno.

«Hai mal di testa?»

«Come fai a dirlo?»

«La tua voce diventa tutta tesa. Mi dispiace. Hai provato la cosa del bagno caldo e dell'asciugamano freddo?»

«Ci sto provando adesso. Ti porto nella vasca con me.»

«Non far cadere il telefono, potresti prendere la scossa o qualcosa del genere» la prese in giro Melissa.

Sbuffò. «Penso che valga solo con gli asciugacapelli.» Si tolse i vestiti ed entrò nella vasca. «Non crederai mai chi mi ha appena portata a casa.»

«Chi?»

«Ben Stone, CEO e proprietario della Stone Tech.»

Melissa fischiò. «Bene. Come hai fatto?»

Raccontò tutta la storia alla sorella, da quando l'aveva trovata sdraiata sul pavimento alla sua postazione a quando le aveva detto che c'era una posizione aperta come assistente personale.

«Allora, com'è?»

«Super sexy in quel modo cupo e oscuro stile Batman.»

«Ha detto *sono Stoneman?*» chiese la sorella, tentando di usare una voce profonda e gutturale.

Ridacchiò. «Vorrei non aver avuto questa emicrania, perché ho rovinato le mie possibilità di ottenere il posto dicendo cose che non avrei dovuto dire.»

«Non lo so, Ash. Ti viene a prendere domattina. Mi sembra quasi che tu abbia fatto centro.»

Cercò di ignorare i brividi di eccitazione che le parole di sua sorella avevano causato. «Non direi proprio. È un osso duro. Totalmente indecifrabile.»

«Che si dice di lui, comunque? È sudamericano, giusto? E si è trasferito qui per dirigere l'azienda quando è morto suo fratello?»

«Sì, ho letto su *Business Weekly* che è per metà latino. Sua madre era americana ed è da lì che deriva il nome, Stone. Si è laureato alla Harvard Business School e ha solo trent'anni. È tutto quello che so. L'azienda è in una fase di stallo da quando Ben è diventato CEO, ma lui si rifiuta di farsi da parte e assumere qualcuno più esperto per gestirla, nonostante il Consiglio di amministrazione abbia insistito. Lui detiene ancora la maggioranza delle azioni, quindi non possono licenziarlo.»

«Quindi, pensi che riuscirà a risolvere le cose?»

«Beh, è abbastanza intelligente. Alcune persone dicono che non gli importa dell'azienda, ma non sono sicura che sia vero. Non lo so, ma mi piacerebbe avere la possibilità di avvicinarmi abbastanza a lui per farmi un'opinione.»

«Beh, diglielo domani quando verrà a prenderti.»

«Dirgli cosa?»

«Che vuoi davvero quel lavoro.»

Il battito le accelerò al solo pensiero di sedersi di nuovo accanto a lui in macchina. «Okay» disse.

«Non lo farai» l'accusò la sorella, probabilmente cogliendo il picco di nervosismo nella sua voce.

«No, lo farò. Lo farò. Hai ragione. Vale la pena strisciare per lui.»

«Allora, indovina chi viene qui stasera?»

«Ooh, chi?»

«Donny. Il ragazzo che ho incontrato al roller derby. Ricordi che ti ho parlato di lui?»

«Certo che me lo ricordo.» Non riusciva sempre a tenere il conto: sua sorella era un po' una rimorchiatrice seriale. «È fantastico. Cosa farete?»

«Andremo solo a vedere un film di cui abbiamo parlato la sera in cui ci siamo incontrati.»

«Mmm hmm. Certo che guarderai solo un film» la prese in giro.

«Beh, se nel buio dovesse succedere qualcosa, non chiamerò di certo la polizia» disse Melissa ridendo.

Chiacchierarono ancora un po' e lei riattaccò, appoggiando la testa contro la fredda porcellana della vasca, il ghiaccio infilato dietro la nuca. Era meglio che l'emicrania se ne andasse entro domani mattina, perché non esisteva che si perdesse un altro giro con Ben Stone.

* * *

L a mattina dopo, si cambiò cinque volte prima di scegliere finalmente una gonna corta e attillata e una camicetta di seta. Il suo mal di testa era quasi scomparso, anche se l'alone le faceva ancora sentire il viso teso e gli occhi troppo piccoli. Si fermò alla finestra del suo duplex, pronta a partire per le 6:45 del mattino.

Ciò nonostante, quando la Mustang nera si fermò, afferrò le sue cose e si precipitò fuori come se fosse in ritardo. Ben stava giusto scendendo dalla macchina quando lei scese di corsa lungo i gradini del portico verso il marciapiede. Si fermò, appoggiandosi alla macchina, guardandola con uno sguardo speculativo. «Buongiorno, Ashley.»

«Buongiorno, signor Stone» disse senza fiato.

Aprì la portiera della macchina e salì, tenendo la cartella stretta davanti a sé. All'improvviso desiderò di avere una valigetta più bella, non quella vecchia cartella di pelle che la faceva sembrare giovane e immatura.

«Come va la testa?»

«Meglio» disse, forzando un sorriso luminoso.

Lui le scrutò il viso. «Non proprio» disse.

Il suo sorriso si affievolì. «Più o meno» disse, stranamente sulla difensiva.

L'angolo della sua bocca si contrasse.

Il cuore le accelerò. L'uomo che non sorrideva mai la trovava divertente? Sperava, piuttosto disperatamente, di sì.

«Allora... io, uh, volevo scusarmi per quel commento sulla segretaria che ho fatto ieri. Non volevo sembrare una mocciosa viziata.»

Di nuovo, il sussulto della sua bocca mentre gli occhi gli scivolavano di lato per incrociare i suoi.

Trattenne il respiro quando i loro sguardi si incrociarono e rimasero fissi, i suoi occhi verdi dalle ciglia scure la facevano sciogliere a ogni momento sospeso. Lui tornò a guardare la strada e l'incantesimo si spezzò.

Espirò e riprovò. «Spero che mi consideri ancora per la posizione. Voglio dire, mi piacerebbe fare un colloquio, o candidarmi o qualunque sia il processo...» Si interruppe. Di solito non era così impacciata, ma trovava il burbero CEO piuttosto intimidatorio. Che era gran parte del suo fascino. L'altra parte era il suo aspetto cupo e attraente e il potere della sua posizione.

«Alle quindici, nel mio ufficio.»

«Davvero? Per un colloquio?»

Lui non rispose a quella domanda, come se avesse solo un certo numero di parole al giorno e non volesse raggiungere il limite rispondendo alle sue domande stupide. Si appoggiò sul sedile e osservò il modo abile in cui gestiva il traffico.

«Grazie per essere passato a prendermi oggi.» *Che noia, Ashley. Davvero una noia.*

Non la guardò nemmeno questa volta.

Giusto. *Tieni la bocca chiusa, Ash.*

Quando raggiunsero l'edificio, lui si fermò nel suo posto riservato, proprio accanto agli ascensori.

«Grazie ancora» disse lei mentre entravano insieme nell'ascensore.

Non rispose, ma i suoi occhi erano di nuovo sul suo viso, studiandola. Sentì le guance accaldarsi. Lui contrasse la bocca. «Da dove vieni?»

«Oh» disse lei, prendendo fiato per riprendersi dall'esame del suo sguardo. «Qui. Lakewood» disse, nominando il sobborgo di Denver in cui era cresciuta.

Annuì.

«Sport? Attività?»

«Ho fatto il corso di nuoto statale al liceo» disse speranzosa.

Questo le fece guadagnare quasi un sorriso.

L'ascensore arrivò al suo piano. «Beh, ehm, grazie ancora. Ci vediamo alle tre. Voglio dire, non vedo l'ora di incontrarla» disse, uscendo.

Mosse solo il sopracciglio in segno di assenso. Le porte si chiusero e lei espirò, sorridendo mentre si dirigeva alla sua postazione. Aveva ottenuto il colloquio. Ora doveva solo capire come impressionarlo. Cosa piaceva al signor Stone in un dipendente? Temeva che alla Stone Technologies non ci fosse nessuno che conoscesse la risposta a quella domanda.

* * *

Ben non aveva idea di cosa avrebbe fatto con un'assistente personale. Non gli piaceva avere nessuno nel suo lavoro o nel suo spazio. Non voleva sentire i loro sussurri o sentire i loro odori. Non voleva dover parlare con loro. Cosa lo aveva spinto a inventare un lavoro da assistente personale? Ashley Bell, ovviamente. Per qualche ragione, voleva tenerla a portata di mano.

Il suo odore indugiava ancora, riempiendogli la mente di immagini in cui la spogliava nuda. Voleva affondarle i denti nella spalla mentre la penetrava da dietro, forte e veloce. Ma era umana. Diavolo, anche se era una muta-forma, con Carlos Sandoval pronto a ucciderlo, non era il tipo da fare il compagno.

Sospirò e prese il telefono, chiedendo a Karen, la sua segretaria, di prendere accordi per aggiungere una postazione di lavoro all'ufficio accanto al suo.

«Sì, signore» rispose, sapendo che era meglio non chiedergli a chi o a cosa servisse.

Si appoggiò allo schienale della sedia, mise i piedi sulla scrivania e aprì il fascicolo personale di Ashley. Conteneva ben poco: il suo curriculum, la domanda, le referenze. Bene, cosa si aspettava, la storia della vita?

Aprì il computer e cercò il suo nome su Internet. Trovò tre risultati: uno dal campionato di nuoto del liceo e due dai suoi risultati accademici al college. Cercò il suo nome su Facebook e guardò le sue foto, che lei aveva incautamente condiviso con il pubblico. La stessa ragazza della foto che gli aveva mostrato nel suo ufficio appariva in molte di esse: una sorella quasi identica a lei, a parte per il taglio dei capelli. Dovevano essere gemelle. Il suo stato sentimentale era segnato come single e nelle foto apparivano pochissimi ragazzi, il che era una fortuna, perché avrebbe potuto dare la caccia a qualsiasi uomo che sembrasse abbastanza importante per lei.

Karen chiamò per dire che il suo team dirigenziale di alto livello era arrivato per la riunione mattutina, quindi prese la sua tazza di caffè e si diresse alla sala conferenze. Jack, il migliore amico di suo fratello e vicepresidente dello sviluppo, lo accolse sulla porta con la stessa espressione di disapprovazione e tirata che aveva sempre avuto. Jack odiava il fatto che Ben aveva preso il timone dell'azienda e, a suo parere, la stesse mandando in rovina. Il programmatore faceva parte dell'azienda sin dal suo avvio iniziale. Jack aveva contribuito a progettare il primo software di gioco ed era stato al fianco di Leon durante gli anni magri, aiutandolo a farla crescere e a portarla dove era ora.

Quando Leon era morto, Ben aveva pensato di cedere la sua quota di azioni a Jack e lasciargli la società, proprio come si era rifiutato di prendere la guida del branco di suo fratello, ma alla fine non gli era sembrato giusto. Suo fratello aveva lasciato le azioni della società a lui anziché alla moglie e ai figli piccoli, il che gli diceva qualcosa. Se Leon si fosse fidato di Jack per gestire l'azienda, avrebbe lasciato le azioni a Shayla, presumendo che lei e i loro figli sarebbero stati accuditi. Lasciandole a Ben, Leon voleva che Ben fosse lì per badare alle cose, per garantire che i profitti continuassero a beneficio della sua famiglia. E così Ben era rimasto lì, a dirigere un'azienda multimilionaria senza esperienza. Ma era in debito con suo fratello. Se avesse fatto il suo dovere in primo luogo, Leon sarebbe stato ancora vivo.

Entrò alla riunione e ascoltò mentre il team presentava i report settimanali, che erano tristi, come al solito. Suma Games stava rapidamente prendendo il controllo della quota di mercato della Stone. Quando ne aveva messo in discussione le cause, aveva ottenuto delle scuse. Il primo anno ci aveva creduto, ancora orientandosi e comprendendo la cultura dell'azienda. Ora aveva imparato a riconoscere le stronzate, ma non aveva ancora capito cosa fare per gestirle. Mentre impilava i report davanti a sé, gli venne un'idea.

Quando Karen lo chiamò quel pomeriggio per dirgli che Ashley era arrivata, le disse di mandarla nella sala conferenze. Raccolse i report che il team di dirigenti gli aveva fornito ed entrò.

Lei balzò in piedi, facendo cadere all'indietro la sedia con le rotelle.

«Seduta.»

«Bau» disse.

Lui inarcò un sopracciglio, nascondendo il suo divertimento. Nessuno gli rispondeva alla Stone Technologies, ma per qualche ragione, su di lei, lo trovava carino.

Arrossì. «Mi dispiace» borbottò, accomodandosi di nuovo sulla sedia. «Stavo solo scherzando...»

Lui si avvicinò al posto di fronte a lei, ma si sedette sul tavolo anziché su una sedia, lasciando cadere i report di vendita e i dati finanziari davanti a lei. «Le vendite sono in calo. I costi sono in aumento. Trovami dieci strategie per correggere la situazione e avrai il lavoro.»

Lei lo guardò a bocca aperta, con gli occhi azzurri spalancati. «Um... okay.» Prese i fogli e iniziò a sfogliarli. La sua lingua schizzò fuori per leccarsi le labbra e lui quasi gemette alla vista.

«Hai un'ora. Due se ne hai bisogno.»

Lei espirò. «Okay. Capito. Grazie.»

«Grazie, *signore*.»

Spalancò la mascella per un attimo prima di chiuderla di scatto e arrossire di nuovo. «Grazie, signore. Mi dispiace, non conosco la giusta etichetta, o il protocollo o qualsiasi altra cosa, ma imparerò. Imparo in fretta.»

«Ne sono certo» disse, alzandosi dal suo trespolo sul tavolo e uscendo.

La lasciò sola per un'ora, poi un'altra. Alle cinque aprì la porta della sala conferenze e trovò Ashley sudata, con i report e le carte sparse davanti a lei.

Lei balzò in piedi.

«Seduta.»

«Bau.»

Questa volta sorrise davvero. Non poté evitarlo. Il fatto che avesse provato a fare la sua battuta una seconda volta dopo aver fallito la prima mostrava una sicurezza e una resilienza che ammirava.

Quando colse il suo sorriso, le si aprì il viso in un ampio sorriso.

Combattuto tra il desiderio di ammirarne la brillantezza e il bisogno di zittirla prima che prendesse piede, abbassò lo sguardo sulle carte. «Quindi?»

«Ne ho trovate solo otto» disse immediatamente, cliccando sulla parte superiore della penna. «Ma sono sicura di poterne trovare altre due se mi da solo un po' di tempo in più.»

Non si aspettava che ne trovasse dieci davvero. Cavolo, non si aspettava che ne trovasse più di tre. «Dimmi cosa hai.»

Ashley prese il foglio di quaderno su cui aveva fatto una lista. «Il primo è eliminare gradualmente le stazioni di gioco NE3. Ci vogliono un sacco di soldi per mantenerle, mentre se si rifiutasse di continuare a ripararle, tutti comprerebbero le E6.»

Lui annuì. L'idea era venuta anche lui, ma non l'aveva messa in pratica, principalmente perché la NE3 era stata il primo prodotto di suo fratello, la piattaforma per Robo Shooters, e l'azienda, lui compreso, vi si aggrappava con un attaccamento sentimentale. Dopo aver sentito la conferma da Ashley di quello che gli aveva detto il suo istinto, prese una decisione. «Il prossimo.»

«Ehm...» Abbassò lo sguardo sul foglio. «I costi di alcuni di questi prodotti sembrano troppo alti, considerando quanto li stiamo facendo pagare. Il margine di profitto non è abbastanza ampio. Propongo di istituire un team di riduzione dei costi, assegnando premi agli ingegneri o ai team che possono ridurli di più.»

Gli piaceva il modo in cui alludeva a un "noi", come se fossero già un team. Era presuntuoso, ma suonava giusto quando usciva dalle sue labbra. «Bene» disse lui, lanciandole un osso.

Lei sollevò gli occhi per il complimento, poi guardò di nuovo il suo foglio. «Il terzo suggerimento è di recuperare il mercato che abbiamo perso con Suma Games l'anno scorso. Questo è un suggerimento in due parti, quindi l'ho contato come numero tre e numero quattro.» Sollevò di nuovo lo sguardo, come per controllare se glielo avrebbe permesso.

Lui annuì.

«Quindi, la prima prevede una campagna pubblicitaria. E la seconda lo sviluppo del prodotto per competere con la loro unità D-boy. Capisco che entrambe le operazioni richiederanno un esborso di capitale, ma penso che l'investimento ne varrebbe la pena.»

Lui non commentò.

«Okay» disse lei, prendendo un altro respiro. «Il numero cinque prevede di sfoltire un po' di middle management.» Si fermò, osservando il suo viso in cerca di una reazione.

«Il motivo?»

«Giusto. Ehm, il ragionamento è che ci sono un sacco di persone che se ne stanno qui sedute e non fanno altro che dire agli altri cosa fare e riferire più in alto nella catena.»

«Parlo per esperienza?» Esitò. «Sì, signore.»

Gli piacque che si fosse ricordata di chiamarlo signore.

«Numero sei?»

Continuò, descrivendo le ultime tre idee, e tutte tranne una sembravano valide.

Quando ebbe finito, la lasciò seduta per un momento mentre la contemplava in silenzio.

«Quindi, come ho detto, sono sicura che posso trovarne altre due...»

«Sì. Mi aspetto che tu lo faccia. Puoi pensarci stasera. Inizierai domani. Karen ti mostrerà il tuo nuovo ufficio.»

Le si aprì il viso in un sorriso. «Signor Stone! Grazie. Non rimarrà deluso, glielo prometto.»

Lui picchiettò sul tavolo. «Fai in modo che non succeda.» Si diresse verso la porta e si fermò quando la raggiunse. «Scrivi quei suggerimenti e inviameli in un'e-mail, insieme ai dati di backup.»

«Sì, signore» disse, ancora raggiante.

Lui uscì, scuotendo la testa, non verso di lei, ma verso sé stesso. Invitarla nel suo spazio personale equivaleva a infilarsi in un disastro.

Capitolo due

La mattina dopo Ashley arrivò al lavoro alle 7:15, perché sapeva che Ben sarebbe arrivato alle 7:30. Karen, la sua segretaria, era già lì, con il suo chignon in perfetto ordine, le unghie curate che tamburellavano sulla tastiera.

«Buongiorno» disse Ashley senza fiato. «Ho preparato un banana bread.» Lo posò sul bancone del mobile bar.

«Non mangio grano» disse Karen senza alzare lo sguardo.

«Oh» disse, sgonfiandosi leggermente. «La prossima volta lo farò con la farina di riso. Ha lo stesso sapore, anzi, è ancora meglio.»

«Va bene. Non mangio la mattina.»

E allora lo mangerai a pranzo.

Raddrizzò le spalle e si diresse verso il suo ufficio. L'ultimo piano era allestito con il grande ufficio di Ben con le finestre nell'angolo e uffici più piccoli tutt'intorno, tutti vuoti, tranne il suo. Karen sedeva alla reception fuori. Da quanto aveva capito, quando Leon Stone lavorava lì, tutti quegli uffici ospitavano i top manager, il direttore finanziario e i vicepresidenti, ma Ben li aveva spostati tutti di un livello quando aveva assunto l'incarico perché gli piaceva la tranquillità. Ovviamente non era stata una mossa popolare e aveva dato il tono alla sua leadership.

La sera prima aveva impacchettato le cose del suo ufficio al quinto piano in una scatola, quindi aveva iniziato a disfarle, appuntando foto e biglietti sulla bacheca e sistemando le foto incorniciate.

L'ascensore suonò e ne emerse il signor Stone. Sollevò il mento e si affrettò a uscire. «Buongiorno, signor Stone. Ho preparato del banana bread, se ne vuole un po'? Ha delle gocce di cioccolato.»

I suoi occhi verdi la scrutarono con un curioso luccichio, ma il suo "No" fu il più brusco possibile.

«No, grazie?» lo corresse. Non sapeva cosa la spingesse a osare, solo delusione e frustrazione per il rifiuto, supponeva.

Si fermò di colpo, un muscolo si irrigidì nella mascella. «È compito suo insegnarmi le buone maniere, signorina Bell?» Sentì il sangue defluire dal suo viso mentre il corpo diventava freddo. «No, signore.»

Poi lo vide: un angolo della sua bocca che si alzava leggermente. «No, grazie» si corresse e continuò a dirigersi verso il suo ufficio. Un brivido di eccitazione la percorse. Cos'era? Stavano flirtando? Perché trovava la sua rudezza così dannatamente attraente?

Espirò.

Karen la stava guardando con un'espressione ridente.

Non sapendo se stesse ridendo di lei o con lei, si sfidò a ricambiare il sorriso, cercando di apparire mesta. «Sarò fortunata se riuscirò a superare la giornata, a questo ritmo» disse.

Karen sembrava silenziosa come il suo capo, si limitò a sorridere compiaciuta.

«Non riesco a credere di aver ottenuto il lavoro. Quante persone si sono candidate?»

«Penso che l'abbia creato per te» disse la donna anziana, guardandola con aria speculativa. «Se vuoi durare, non restare qui fuori a chiacchierare. Odia il rumore. Ecco perché ha trasferito tutti gli altri uffici al piano di sotto.»

«Okaaay» disse. «Capito. Grazie.»

Si diresse verso il suo ufficio. Come avrebbe potuto sopravvivere lì senza nessuno con cui parlare? Era, per la maggior parte del tempo, una creatura molto socievole.

Finì di sistemare la scrivania, cosa che non le rubò molto tempo, dato che la sua postazione al piano di sotto era minuscola. Questo grande ufficio, con le finestre che si affacciavano sul centro di Denver, sembrava spoglio e vuoto. Avrebbe dovuto comprare dei quadri per le pareti o qualcosa del genere.

Le squillò il telefono e sobbalzò, facendo cadere il ricevitore prima di sollevarlo. «Sono Ashley.»

«Vieni nel mio ufficio.»

«Oh, ah, sì, signore» disse. Cominciò a posarlo, poi se lo rimise all'orecchio per ascoltare. Si diceva "arrivederci" in questa situazione? La linea era caduta. Okay, chiaramente no. Prese un quaderno e una penna e si diresse verso il suo ufficio.

«Seduta» disse lui.

Non ci provò più con la sua battuta sul cagnolino mentre si sistemava sulla sedia di fronte alla sua scrivania. «Grazie per il rapporto e per le idee aggiuntive che hai inviato alle...» controllò lo schermo del computer, «cinque del mattino.»

Avvertì un leggero divertimento? Arrossì. «Sono emozionata per questo lavoro.»

Si toccò le dita. «Mi fa piacere.» Il suo viso sembrava tutt'altro che contento, le linee decise della mascella sembravano di pietra come al solito. «Vorrei iniziare a mettere in pratica alcuni dei tuoi suggerimenti. Organizza un incontro con l'agenzia pubblicitaria per parlare della nostra nuova campagna e procurami un elenco dei tagli consigliati per il middle management.»

Lei rimase a bocca aperta. «Ehm... okay. Allora, invito vendite e marketing alla riunione pubblicitaria?» Lui inclinò la testa. «Tu cosa ne pensi?»

Si leccò le labbra e vide gli occhi di lui sulla sua bocca. Le accelerò il battito. La trovava attraente? L'idea le sembrò in parte emozionante e in parte deludente. Se aveva ottenuto quel lavoro solo perché lui voleva infilarsi nei suoi pantaloni... Si mosse sulla sedia. Non che fosse del tutto contraria a lasciare che le si infilasse nei pantaloni. O nella gonna, a seconda dei casi.

Con sforzo, riportò la mente alle questioni piuttosto schiaccianti di cui si parlava. «Beh...»

«Rifletti ad alta voce» disse, facendo roteare il dito nell'aria. «Voglio sentire cosa ne pensi.»

Ok, forse si era aggiudicata questa posizione in modo leale e onesto.

«Beh, penso che portino una certa chiusura mentale alle cose. Insomma, sono fermi nelle loro convinzioni su ciò che pensano che dovremmo fare e noi stiamo cercando di fare qualcosa di nuovo. D'altro canto, aggirarli creerebbe un gran trambusto e renderebbe più difficile ottenere consensi.»

Il signor Stone la guardò con fredda valutazione. Non disse nulla, non che fosse una sorpresa.

«Immagino che, egoisticamente, preferirei tenerli fuori,

almeno inizialmente, perché ho paura che tutte le mie idee vengano cestinate.»

«Apprezzo la tua onestà, signorina Bell.»

Si strofinò le labbra. «Allora, cosa ne pensa?»

«La scelta è tua.»

Rimase a bocca aperta. «La scelta è mia?»

Lui annuì. «Prendine una saggia.»

Oh, Dio.

Abbassò lo sguardo sul suo quaderno dove aveva scritto gli appunti. «E per la seconda questione, non sono sicura di essere qualificata per fare quel tipo di valutazione.»

«Beh, fai quello che devi fare per qualificarti. Ti ho chiesto di farlo.»

«È una responsabilità piuttosto grande; voglio dire, vuole che io faccia una valutazione che influirà sui mezzi di sostentamento delle persone.»

«E sul futuro di questa azienda. Benvenuta nel mio mondo, signorina Bell. Vuoi essere la mia assistente o no?»

Arrossì e abbassò lo sguardo sul suo foglio per ricomporsi. «Sì» disse piano. «Apprezzo la sua fiducia in me.» Quando lui non disse nulla, si corresse, «O forse questo è un test, nel qual caso, ho intenzione di superarlo.» Sollevò il mento.

Un sorriso gli balenò agli angoli della bocca, ma scomparve in fretta come era apparso. «Vai» disse, con i caratteristici modi bruschi.

Si alzò e andò alla porta. Afferrando la maniglia, si fece coraggio e si voltò. «Signor Stone?»

Lui si voltò dallo schermo del computer e sollevò un sopracciglio.

«Mi ha assunta per questo lavoro perché pensa davvero che io sia promettente o è perché...» Si fermò.

Non la aiutò, la guardò con entrambe le sopracciglia alzate.

Deglutì. «Perché le piace come sto con la gonna?»

Il sorriso gli attraversò il viso e gli occhi gli caddero sulla sua gonna e sulle gambe.

Lei arrossì, desiderando di non averlo detto.

«Vai via, Ashley.»

In realtà rise. Be', fu più un sussulto, o un singhiozzo. Ma uscì come trasportata da una bolla di risate. L'aveva chiamata per nome, il che sembrava un successo. E lei amava il modo in cui suonava nei suoi toni profondi e ricchi, evocando intimità e.... calore. Spinse la porta e uscì barcollando, sollevata di essere fuori dalla portata della sua intensa presenza. Ma nel momento in cui chiuse la porta, realizzò. Come avrebbe potuto sopravvivere lavorando per quell'uomo? Le rubava il respiro a ogni sguardo.

* * *

Jack entrò nel suo ufficio senza invito e si lasciò cadere sulla sedia di fronte a lui. «Che mi dici della nuova ragazza?»

Per qualche motivo gli diede fastidio che Jack la chiamasse *ragazza*. «Ashley Bell. È la mia nuova assistente. Lavorava nel marketing.»

«Hmm.» Jack lo guardò.

Sapeva cosa stava pensando. Era quello che pensava Karen. Anche Ashley lo pensava. Aveva trovato un gran bel pezzo di ragazza e voleva che lei entrasse e uscisse dal suo ufficio in minigonna per rallegrargli la giornata.

Beh, diavolo. Poteva anche essere vero. Ogni volta che sentiva il suo odore, il suo corpo si scaldava come se volesse marchiarla. Ma non era solo un bel viso. La ragazza aveva un sacco di idee brillanti e la sua impavidità lo incuriosiva. Non sapeva perché lui, un alfa naturale, fosse stato così poco furbo nel dirigere questa azienda. Non nel gestire le persone, ma nell'apportare cambiamenti e scuotere le cose. Le idee di Ashley confermavano tutte i suoi istinti naturali, che aveva ignorato.

Scrollò le spalle. «È brillante. Non so perché il suo talento non sia stato sfruttato meglio, ma ora lo sarà.»

«Capisco» disse Jack seccamente.

I peli sulla nuca gli si rizzarono, ma fece un respiro profondo per riprendere la calma. «Di cosa hai bisogno, Jack?»

«Ascolta, ci ho pensato. Tutti sanno che non ami molto gestire questa azienda. Sono disposto ad acquistare la tua quota della società. Voglio dire, non ho i soldi ora, ma penso che potremmo trovare un accordo, una specie di piano di pagamento per la quota di controllo. Tu e la famiglia di Leon sareste coperti per tutta la vita, e io mi occuperei del nocciolo della gestione delle cose.»

Jack lo aveva già suggerito in passato. Ben non sapeva perché ci stesse riprovando.

«No.»

Il viso di Jack si arrossò, socchiuse gli occhi. «Non sai niente di come gestire un'azienda di gaming. Ci stai portando alla rovina. La Suma Games sta per farci fuori e tutti nel Consiglio di amministrazione lo sanno.»

Trattenne un ringhio e si alzò. L'alfa che era in lui avrebbe voluto minacciare il lavoro di Jack, ma la verità era che perdere Jack sarebbe stato un duro colpo per l'azienda. Trattenne il respiro. «Sto per iniziare a fare dei cambiamenti» disse, mettendo un tono di avvertimento nella sua voce. «Non ho intenzione di lasciare questa azienda o di mandarla in rovina, quindi abituati alla mia leadership.»

Jack si alzò, il muscolo sotto l'occhio destro si contrasse. «Non hai idea di cosa stai facendo» disse mentre si dirigeva verso la porta.

Ben non rispose, ma gli lanciò uno sguardo da alfa per tutto il tragitto.

Quando Jack fu scomparso nell'ascensore, Ben lasciò il suo ufficio ed entrò in quello di Ashley.

«Salve» disse, sfoderandogli quel sorriso smagliante. Aveva denti perfetti, bianchi e splendenti tra le labbra lucide. Gli piacque che questa volta lei non fosse balzata in piedi o non sembrasse arruffata. Come se avessero già una relazione occasionale, in cui uno dei due si appoggiava alla porta dell'ufficio dell'altro. Cosa che aveva appena fatto, incrociando le braccia sul petto. «Cosa hai deciso riguardo alla riunione pubblicitaria?»

«Li ho invitati» disse lei, con un'aria leggermente sconfitta. «Il mio ego è molto meno importante del riportare coesione in questa azienda, soprattutto per quanto riguarda lei.»

Le sopracciglia gli schizzarono fino alla fronte. «Cosa intendi con *riportare coesione*?»

Arrossì. «Voglio solo dire che, da quello che ho sentito, in azienda è calato il morale e si sono divisi in fazioni negli ultimi anni.»

«Da quando ho preso il comando, intendi.»

«Sì.» Incrociò il suo sguardo.

Ammirò il suo coraggio nel dirgli la verità. «Quindi pensi che sia importante per me accarezzare qualche ego?»

«Beh» disse pensierosa, alzandosi dalla sedia e andando a sedersi sul lato opposto della scrivania, di fronte a lui.

Il suo profumo lo innervosì e la vista delle lunghe gambe incrociate liberamente alle caviglie gli fece scoccare una scossa di lussuria.

«Penso che ci sia un delicato equilibrio. Non è necessariamente parte del suo ruolo accarezzare l'ego di qualcuno, ma se le persone non hanno la sensazione che lei stia cercando il loro prezioso contributo, si metteranno semplicemente in mezzo. E lei vuole che lavorino sodo per compiacerla.»

Voglio decisamente che tu lavori sodo per compiacermi. «Certamente» disse.

Lei doveva aver colto i suoi pensieri perché incrociò il suo sguardo, spalancando gli occhi leggermente. Le pupille si dilatarono quando i loro sguardi si incrociarono e lui colse quell'inebriante sentore di eccitazione.

Distolse lo sguardo, toccandosi le labbra con la punta delle dita e guardando la scrivania alle spalle, come se ci potesse essere qualcosa di importante lì. «Comunque, ho pensato che se le mie idee venissero ignorate, potrei sempre organizzare una campagna privata con lei.»

Si chiese come sarebbe stata una campagna privata. Uno spogliarello nel suo ufficio con la porta chiusa? L'immagine di lei che strisciava sulla sua scrivania sulle mani e sulle ginocchia gli sorse nella mente, spontanea. Accidenti. Doveva darsi una mossa.

Non era una mutaforma.

«Sei terribilmente arrogante» mormorò.

Arrossì, ma doveva aver colto il suo umorismo, perché sorrise. «Sono sicura che mi rimetterà al mio posto in ogni istante.» Per la prima volta da anni, rise, anzi, gettò indietro la testa e rise. «Contaci» disse, continuando a sorridere mentre usciva. Karen lo guardò emergere con interesse. Supponeva che il suono della sua risata le sarebbe stato completamente estraneo.

* * *

Ashley si sfilò il costume bagnato e si asciugò nello spogliatoio della YMCA. Prima di diventare l'assistente di Ben, nuotava la mattina prima di andare al lavoro. Ora arrivava al lavoro così presto che doveva andarci la sera, a volte anche molto tardi.

Non che le importasse. La prima settimana le aveva già regalato il lavoro più emozionante della sua vita. Solo lavorare per il presidente degli Stati Uniti poteva essere più interessante ed emozionante che lavorare per Ben Stone. Accidenti, lui emanava tanto potere quanto immaginava facesse un Capo di Stato, forse di più.

Le vibrò il cellulare e lei si lanciò a prenderlo. Aveva cercato di contattare Melissa per tutto il giorno ed era strano che sua sorella non le avesse almeno risposto. Sorrise quando vide lo schermo. Era lei.

«Ehi, dove sei stata?»

Una voce maschile camuffata elettronicamente le parlò all'orecchio. «Abbiamo tua sorella.»

Afferrò il telefono mentre le cadeva dalle dita. «C-cosa?»

«Troverai un portatile sul tavolo della cucina. Sostituisci il pc di Ben Stone con quello. Ci vediamo all'angolo nord-ovest del terzo piano del parcheggio alle 19:00 di domani sera e porta il computer di Stone. Se lo dici a qualcuno, tua sorella è morta.»

«Ashley, sono tutta—!» la voce di sua sorella, che urlava lontano dal telefono, si interruppe.

«Cosa avete fatto a mia sorella?» ringhiò, la rabbia prese il sopravvento sullo shock iniziale.

«Stai zitta. Se vuoi vedere tua sorella viva, farai tutto quello che ti diremo di fare.»

La linea cadde. Premette i pulsanti, richiamando, ma

ovviamente la rimandò direttamente alla segreteria telefonica, come era successo per tutto il giorno. Dannazione.

Si rimise i vestiti, tutto il corpo le tremava. Cosa diavolo stava succedendo? Cosa volevano dal portatile di Ben? E dove tenevano sua sorella? Volevano dire che avrebbero scambiato sua sorella con il portatile?

Tirò fuori il telefono dalla borsa e mandò un messaggio: *Non vi darò il portatile finché non libererete mia sorella.*

Fissò lo schermo dopo aver premuto invio, ma ovviamente non apparve nessuna risposta. Senza preoccuparsi di asciugarsi i capelli con il phon, prese la borsa della palestra e corse verso la macchina. Avevano detto che il portatile era sul tavolo della cucina. Ciò significava che erano stati a casa sua.

Avrebbe dovuto chiamare la polizia?

Se lo dici a qualcuno, tua sorella è morta.

Avrebbe voluto chiamare Ben Stone. Sembrava che sapesse sempre cosa fare e, inoltre, sembrava che lo riguardasse. Ma probabilmente stavano monitorando le sue telefonate.

Melissa. Il pensiero che sua sorella potesse essere ferita o spaventata le fece stringere il petto dolorosamente. Non c'era da stupirsi che fosse stata preoccupata per tutto il giorno. Il suo intuito da gemella si era spento.

Guidò verso casa, accelerando per tutto il tragitto. Quando arrivò, saltò fuori dalla macchina. Nessun segno di effrazione alla porta d'ingresso. Inserì la chiave e la girò.

Sembrava tutto normale. Entrò in cucina e accese la luce. Lì, sul tavolo, c'era il portatile. Trattenne il respiro, i peli sulle braccia le si rizzarono. C'era qualcuno in casa in quel momento? La stavano osservando? Si guardò intorno, sforzando le orecchie per individuare eventuali suoni. Lentamente, si diresse verso il tavolo e aprì il portatile. Sembrava proprio quello del suo capo. Ma come avrebbe potuto scambiarli? Lui aveva sempre il suo con sé. Lo portava a casa la sera e lo portava con sé alle riunioni, persino a pranzo. Probabilmente l'unica volta in cui non lo aveva era quando andava in bagno. E non poteva semplicemente entrare e scambiarlo davanti a Karen.

Cavolo.

Le si contrasse la pancia solo a pensarci.

Perché volevano che sostituisse il suo portatile? Stavano rubando segreti aziendali? O sabotando qualcosa? Forse inserendo un codice errato nel sistema di sicurezza o qualcosa del genere? Facendogli passare l'impronta digitale per sbloccare le cose?

Mise il portatile nella borsa e si sedette al tavolo, troppo sconvolta per mangiare qualcosa. Si mangiucchiò l'unghia del pollice. Be', aveva tutto il giorno per fare lo scambio. Avrebbe pensato a qualcosa. Ma cosa sarebbe successo se lui non fosse venuto al lavoro per qualche motivo? O se fosse stato in riunione tutto il giorno con quello?

Si alzò e camminò avanti e indietro, immaginando ogni possibile scenario che le venisse in mente. Nessuno di questi era grandioso. Mezzanotte arrivò e passò. Non riusciva nemmeno a pensare di dormire.

* * *

Sapeva che qualcosa non andava nel momento in cui si era svegliato quella mattina. Gli istinti dei mutaforma erano sempre azzeccati; il problema era che non sempre sapeva come decifrarli. Come la notte in cui aveva incontrato Ashley.

La sensazione si fece più forte mentre usciva dall'ascensore.

«Buongiorno, signor Stone» disse Karen.

«Buongiorno, Karen.»

Camminò verso l'ufficio di Ashley. L'istinto l'aveva portato da lei l'ultima volta. All'inizio non alzò lo sguardo, il che era strano per lei.

«Buongiorno, signor Stone» disse quando lo fece. Aveva il viso pallido e le occhiaie come se non avesse dormito.

«Cosa c'è che non va?»

«Niente» disse troppo in fretta. «Solo un po' di mal di testa. Ma non è un'emicrania. Sto bene.»

Sentì l'odore acre della paura. Di cosa aveva paura?

Incapace di pensare a cosa dire per convincerla ad aprirsi, si voltò e se ne andò. Questo era uno di quei momenti per cui avrebbe potuto prendere lezioni di fascino da suo fratello.

Il padre era stato maleducato e scontroso come lui, ma Leon aveva un dono. Riusciva a convincere chiunque a fare qualsiasi cosa. Piaceva a tutti ed era stato un leader fantastico. Ben, d'altro canto, era un idiota di prima categoria. E comandava come aveva fatto il padre. Ecco perché non voleva la responsabilità del branco di suo fratello.

La lasciò sola per la maggior parte della giornata. Nel pomeriggio, però, riusciva a percepire la sua agitazione attraverso i muri. Ma non erano affari suoi. Se aveva qualcosa in mente di natura personale, non aveva il diritto di costringerla a dirglielo. Tuttavia, questo fece sorgere in lui un istinto protettivo. Voleva risolvere la cosa, qualunque cosa fosse.

Non riusciva a fare nulla con Ashley che si agitava nell'ufficio accanto al suo. Era uno dei motivi per cui odiava avere qualcun altro che lavorava allo stesso piano. Sperava che non diventasse una cosa normale. Alle quattro del pomeriggio, prese il suo portatile, pronto a uscire presto.

Ashley uscì a gran velocità dal suo ufficio. «Sta andando via?» La sua voce era tre toni più alta del solito.

Si fermò e si voltò lentamente. «Sì, perché?»

«Ehm, io, ehm, volevo discutere di alcune cose con lei. Può restare solo per qualche altro minuto?»

L'odore della paura gli pizzicò le narici. Fiutò la disperazione. Che diavolo le stava succedendo?

Si voltò di nuovo verso il suo ufficio e tese il braccio con un inchino, come per farla entrare.

Lei gli rivolse un debole sorriso. «Grazie. Io, uh, arrivo subito. Devo solo prendere i miei appunti.»

Tornò con una pila di cose, che si mise in grembo, anziché sulla scrivania.

«Okay, ti sei comportata in modo strano per tutto il giorno. Cosa sta succedendo?»

«Niente» disse, strofinandosi la nuca. «È solo un mal di testa, giuro.»

Gli occhi non incrociarono i suoi, ma sembravano guardare la sua valigetta. «Okay» disse, prendendo fiato. «Volevo solo avere la sua opinione su alcune idee pubblicitarie che ho per la campagna.»

Lui socchiuse gli occhi. «Non poteva aspettare fino a domani?»

«Mi dispiace» esclamò, alzandosi dalla sedia e appoggiando la pila di cose sulla sua scrivania. «Ha fretta? Lasci che le mostri solo questa cosa...» Gli spinse un quaderno sotto il naso e allo stesso tempo si lanciò sulla scrivania e gli rovesciò addosso una tazza di caffè freddo.

La rabbia crebbe. Senza dubbio, l'aveva fatto apposta. Perché avrebbe dovuto cercare di ingannarlo? Gli si gelò il sangue. Balzò indietro, gocciolando mentre lei correva verso il suo lato della scrivania. «Oh, mio Dio, mi dispiace tanto. Pulisco io se vuole andare in bagno e asciugarsi.»

Sentì l'odore del suo sudore e della paura anche sotto il tanfo di caffè che lo ricopriva. La ragione vinse sull'istinto di prenderla per la gola e chiederle cosa stesse succedendo. Avrebbe scoperto di più guardandola portare a termine il suo gioco, qualunque cosa fosse. Se ne andò senza dire una parola.

Non andò in bagno, però. Karen si era già alzata dalla scrivania, porgendogli un asciugamano dall'area bar dove serviva caffè o acqua agli ospiti.

Lui teneva le spalle rivolte al suo ufficio, guardando con la coda dell'occhio Ashley che si precipitava in giro e apriva la sua valigetta. Non riusciva a vedere cosa stesse facendo, ma le diede abbastanza tempo per finire prima di voltarsi. Stava pulendo freneticamente le superfici quando lui tornò dentro.

«Mi dispiace tanto» disse. «So che deve andare. Non avrei dovuto tenerla qui.»

«No, non avresti dovuto» disse lui.

Lei non notò nemmeno il rimprovero, un segno della sua completa distrazione. Raccolse le sue cose e corse di nuovo in ufficio. Lui vide il suo portatile spuntare da sotto un foglio di carta nella pila di cose che lei stava portando con sé.

Strinse i denti. Che diavolo aveva appena fatto quella piccola sfacciata? E perché? Chiuse la porta del suo ufficio e abbassò le persiane. Appoggiò la valigetta sulla scrivania, ci abbassò il naso e la annusò. Tutto quello che sentì fu il maledetto caffè. Aprì con attenzione la parte superiore della valigetta e guardò dentro. Il suo portatile era lì dove l'aveva lasciato. Almeno sembrava il suo portatile. Ma era un po' più lucido?

Lo annusò. Notò un leggero odore di catrame o pece. Era una bomba? Trascorsero diversi secondi mentre la fissava, assimilando quel pensiero.

Perché Ashley lo voleva morto? O meglio ancora, chi l'aveva spinta a farlo? Era una professionista? No, aveva sbagliato tutto in modo terribile. Di sicuro non era una professionista. Si chiese quanto le avessero offerto per commettere un omicidio.

L'amarezza gli riempì il petto. Il tradimento gli ricoprì la lingua, si aggrappò ai vestiti e alla pelle. Si era fidato di lei, l'aveva portata nella sua cerchia ristretta di persone. Avrebbe dovuto saperlo. Non ci si poteva fidare di nessuno.

Rimase seduto a fissare il portatile per molto tempo, chiedendosi cosa farne. Chiamare la polizia non rientrava nemmeno nella sua lista di possibilità. I mutaforma non coinvolgevano le forze dell'ordine. Se non altro, tendevano a lavorare ai margini, al di fuori dei normali confini della legge. Considerò se qualcuno nel branco di suo fratello potesse aiutarlo. Stanley, il nuovo alfa, avrebbe potuto sapere cosa fare quando ti lasciavano una bomba sulla scrivania. Ma aveva deliberatamente mantenuto le distanze dal branco dopo la morte di Leon. Aveva solo bisogno di portare la bomba in un posto scoperto, dove non avrebbe ucciso nessuno quando fosse esplosa. Ma cosa sarebbe successo se fosse esplosa prima che lui se ne fosse sbarazzato? Strinse le dita sulla scrivania.

Qual era il piano di Ashley? Avrebbe dovuto seguirla. Accidenti, aveva bisogno di aiuto. Sospirando, prese il cellulare e chiamò Stanley.

«Ben» rispose Stanley, con tono sorpreso. Era stato abbastanza amichevole, cercando di far entrare Ben nel loro gruppo, nonostante ci fossero state delle sottili minacce sul fatto che al branco non piacessero i lupi solitari. Poiché Ben era il lupo più grande e feroce, Stanley era uscito e aveva detto che si sarebbe fatto da parte se Ben avesse voluto essere alfa, senza bisogno di sfide. Quando Ben si era rifiutato, Stanley gli aveva detto che si aspettava la sua presenza alle loro riunioni, ma aveva ignorato quella direttiva. «Hai qualcuno che può spiegarmi come disattivare una bomba?»

Stanley rimase in silenzio per un momento. «Mark Ruhl. È il nostro addetto ai lavori delle forze dell'ordine. Lavora per la DEA. Hai bisogno di aiuto subito?»

«Sì.»

«Dammi solo un minuto.»

«Grazie.»

Riattaccò. Quando il telefono squillò, rispose, anche se non riconosceva il numero.

«Sono Mark Ruhl. Ho saputo che hai bisogno di aiuto.»

Espirò. «Sì. Credo che ci sia un esplosivo nel mio portatile.»

Capitolo tre

Ashley prese la sua borsa con il portatile di Ben Stone ed entrò nell'ascensore. Le sue membra si trascinavano, deboli per essere stata così su di giri per le ultime ventiquattro ore.

È quasi finita. Presto Melissa sarà al sicuro e potrai andare alla polizia e dire al signor Stone cosa hai fatto.

Prese l'ascensore fino al terzo piano del parcheggio e scese. Stringendo la borsa al petto, camminò in avanti, verso l'angolo nord-ovest. Aveva parcheggiato lì la macchina quella mattina solo per familiarizzare con la zona. I muri di cemento echeggiavano dei suoi passi, l'odore di gas di scarico e benzina era opprimente. Il parcheggio sembrava vuoto: niente altre auto, niente persone, niente. Si fermò e aspettò. Aveva sentito male l'ora o il luogo? No, le parole le risuonavano ancora nella mente. *Terzo piano, angolo nord-ovest del parcheggio.* Aprì la portiera della macchina e si sedette sul sedile con la portiera aperta. Il sudore le colava lungo le costole. Pensò di aver sentito una porta chiudersi, ma quando si guardò intorno, vide solo la porta delle scale, e non c'era nessuno lì vicino.

Il tempo scorreva. Cinque minuti, poi dieci.

Dio, sperava che Melissa stesse bene.

All'improvviso, sentì il rumore di un'auto che saliva sulla rampa. Si alzò e prese il portatile dalla borsa, con le mani goffe. La borsa cadde a terra e lei la lasciò lì, allungando il collo per dare un'occhiata all'auto.

Una berlina blu scuro si avvicinò. Era vecchia e malconcia. Non sapeva cosa si fosse aspettata, ma era sicuramente qualcosa di più impressionante. Un Humvee o qualcosa del genere. Fece qualche passo avanti per farsi vedere.

L'auto si fermò e scesero tre uomini. Cercò di guardare nei finestrini oscurati per vedere un'altra persona. Dov'era Melissa? Gli uomini camminavano verso di lei. Erano giovani uomini, dall'aspetto trasandato, con tatuaggi e piercing sulle braccia. Indossavano magliette e jeans e avevano in mano delle pistole.

«Dov'è Melissa?» gridò.

«Hai il portatile?» chiese uno di loro mentre si avvicinavano.

«Forse» disse, stringendolo al petto e indietreggiando verso la sua auto. Come se avesse avuto qualche possibilità di non darglielo quando erano armati ed erano tre contro una. «Dov'è Melissa»

«È in macchina. Dacci il portatile e potrai vederla.» Ora l'avevano fatta indietreggiare verso la sua auto, circondandola.

«Voglio vederla prima.»

Uno di loro armò la pistola e gliela puntò alla tempia, spingendo forte contro il suo cranio. «Daccelo» disse mentre il suo amico lo afferrava e cercava di staccarglielo dal petto.

«No» disse lei divincolandosi.

Il tizio con la pistola le colpì la testa e lei cadde all'indietro contro la macchina. Perse la presa sul portatile e uno di loro glielo strappò via. Un altro le afferrò il braccio e la tirò in avanti. «Vieni con noi, tesoro» disse. Un ringhio terribile risuonò dall'altro lato della sua auto e all'improvviso un enorme animale nero balzò sopra la macchina, schioccando i denti bianchi e scintillanti. Le sue fauci si chiusero sul collo dell'uomo che la teneva e caddero entrambi a terra, la bestia ringhiò e brontolò mentre rotolavano insieme. Spari risuonarono da entrambe le direzioni e l'animale guaì e lo lasciò andare, ma balzò nuovamente in piedi, accovacciandosi per attaccare un altro uomo. Gli uomini continuarono a sparare all'animale, il suono rimbalzò nel parcheggio di cemento. Un urlo le rimbombò nelle orecchie: era la sua stessa voce, si rese conto. Il portatile era caduto a terra e lei lo afferrò e corse via verso la loro macchina. Se c'era sua sorella lì, doveva raggiungerla.

L'animale si lanciò contro di lei, buttandola a terra. Lei urlò, aspettandosi che si muovesse per uccidere, ma invece si voltò, scagliandosi contro uno degli uomini.

«Andiamo, andiamo via da qui» urlò uno di loro, aiutando a rialzare il ferito più grave e trascinandolo verso la loro macchina.

Si alzò in piedi per seguirlo, ma il lupo, o qualunque cosa fosse, si voltò e ringhiò, mentre il sangue gli gocciolava dal muso. Lei fece un passo indietro. Ringhiò di nuovo, bloccandole la strada, poi inseguì l'uomo rimasto, placcandolo una volta, ma poi ricevendo un'altra ferita da arma da fuoco che lo lasciò steso mentre l'uomo saltava sul sedile del guidatore e l'auto strideva.

Lei corse qualche passo dopo, poi si fermò, vedendo la bestia rimettersi in piedi. Si bloccò. Rivolse i suoi occhi color ambra su di lei e ringhiò, basso e minaccioso. Era coperto di sangue e le zanne sembravano affilate come rasoi. Avanzava.

Indietreggiò lentamente. «Calma, ragazzone» disse, con

il cuore in gola. Non incrociò lo sguardo né fece movimenti bruschi. Se solo fosse riuscita ad arrivare alla sua macchina, sarebbe stata a posto. Lui continuò a seguirla, però, con la testa abbassata e le zanne scoperte. Il ringhio non assomigliava a niente che avesse mai sentito prima. Ultraterreno. Terrificante.

Colpì la macchina con il sedere e cercò a tentoni la portiera, non volendo voltare le spalle all'animale.

Il lupo si avvicinò furtivamente e lei strillò, arrampicandosi sul bagagliaio per scappare.

La bestia si trasformò all'improvviso, diventando più alta e diradandosi. Lei sbatté le palpebre, pensando di aver perso la testa.

Ben Stone le stava di fronte, gocciolante di sangue, nudo e con un'aria furiosa. Spalancò la portiera posteriore della sua macchina e la tirò giù dal bagagliaio nello stesso momento. «Giù a terra», disse, indicando il sedile posteriore. «Testa bassa, occhi bassi. *Subito*.»

* * *

Ben sbatté la portiera posteriore sulla figura rannicchiata di Ashley e salì al posto di guida, dove trovò le sue chiavi sul sedile anteriore. Guidò come un pipistrello uscito dall'inferno fino al primo piano del parcheggio, fermandosi dietro la sua auto.

Aveva un pulsante nascosto per l'accesso senza chiave al bagagliaio, solo per occasioni come queste. Teneva anche una borsa da viaggio con vestiti, chiavi di riserva, un portafoglio con un secondo set di carte di credito, contanti e documenti d'identità e altri oggetti utili all'interno. Afferrò la borsa e tirò fuori un paio di jeans.

Tirando fuori un rotolo di nastro adesivo, si diresse furtivamente verso l'auto di Ashley, da dove era scesa. Le afferrò i polsi e vi avvolse il nastro attorno mentre i suoi occhi roteavano indietro per l'orrore.

Dannazione. Ora aveva un mondo di guai tra le mani. Non solo aveva permesso ai suoi nemici di scappare, ma si era anche rivelato ad Ashley, che apparteneva anche lei alla sua lista di nemici.

Trattenne il respiro quando vide che tutto il suo fianco era coperto di sangue. Spingendola di nuovo sul sedile dell'auto, le aprì la camicetta. La sua pelle era macchiata di sangue, ma non vide alcun foro di proiettile o ferita.

«Dove ti sei fatta male?» chiese.

«I-io» deglutì come se avesse la bocca secca. «Penso che sia il tuo sangue» gracchiò.

Lui espirò di sollievo e abbassò lo sguardo sul proprio torso per esaminare le due ferite da arma da fuoco che aveva ricevuto. Sarebbero guarite. Doveva aver sanguinato su di lei quando l'aveva placcata per impedirle di andare alla loro auto.

Sollevò le caviglie di Ashley e le avvolse il nastro adesivo intorno, poi ne strappò un pezzo più piccolo per la sua bocca.

Lei girò la testa quando le si avvicinò con il nastro adesivo, il bianco dei suoi occhi che brillava. «Per favore» ansimò, emetteva l'odore metallico della paura a ondate. «Per favore, non farlo.»

Lui esitò.

Non essere debole. È lei il nemico.

Le puntò un dito in faccia. «Fai un verso e ti metto nel bagagliaio. Annuisci se hai capito.»

Lei mosse la testa su e giù.

Le sbatté la portiera in faccia e risalì in macchina, gettando la sua borsa da viaggio sul sedile accanto a sé.

Doveva andarsene prima che arrivassero guai seri. Quei ragazzi patetici non erano i cervelli dietro l'operazione.

Sapeva che neanche Ashley era la mente dietro l'operazione, altrimenti non sarebbe stata aggredita dagli uomini laggiù. Eppure, lei lo aveva tradito, e questo lo infastidiva più di tutto il resto. Forse, quella prima notte in cui l'aveva incontrata, i suoi istinti si erano spenti perché lei era un pericolo per lui.

Ma no, non gli sembrava esatto. Era stata attrazione, non pericolo.

Si calò un berretto da baseball sugli occhi e partì, uscendo dal parcheggio. Imboccò l'autostrada e percorse diversi chilometri, zigzagando nel traffico e tenendo gli occhi incollati allo specchietto retrovisore. Non sembravano seguirli. Quando ne fu sicuro, prese l'uscita successiva e si fermò in un motel squallido su East Colfax, di quelli che affittavano a ore in contanti e senza documenti.

Aprì la portiera sul retro e afferrò di nuovo il nastro adesivo. Legò le mani di Ashley ai suoi piedi, poi avvolse il nastro attorno alla maniglia del sedile posteriore.

«Fai un verso, o prova a scappare, e ti ucciderò. Annuisci con la testa se hai capito.»

Lei gemette, ansimando, ma annuì.

«Torno subito. Non muoverti.»

Sbatté di nuovo la portiera e fece il check-in di una stanza. Quando tornò alla macchina, le liberò i piedi e le gettò una felpa sulle mani legate. «Andiamo» disse, tirandola fuori. «Non fare un rumore.»

Lei si guardò intorno selvaggiamente, ma non emise un suono a parte il rumore del suo respiro che le raschiava il petto.

La portò nella stanza e usò un pezzo di corda per legarle i polsi sopra la porta del bagno. Lei si alzò in punta di piedi, barcollando. Voltandole le spalle, si lavò, pulendosi le ferite da arma da fuoco, che avevano quasi smesso di sanguinare. I proiettili sarebbero usciti entro qualche giorno. I mutaforma avevano incredibili capacità di guarigione. Si sciacquò la bocca per eliminare il sapore del sangue e della saliva.

Rimase colpito dal fatto che Ashley non avesse ancora emesso un suono. Si aspettava un qualche tipo di rumore a quel punto. Si voltò di nuovo verso di lei, riflettendo.

«Va bene, Ashley. Ti farò delle domande e tu risponderai.» Frugò nella sua borsa da viaggio per cercare la cintura e la tirò fuori. Camminando dietro di lei, le aprì la gonna e la lasciò cadere a terra.

«C-cosa stai facendo?» chiese, allontanandosi il più possibile da lui, per quanto i polsi legati glielo permettessero.

«Scopro il mio bersaglio.»

Piagnucolò, contorcendosi e rigirandosi e guardando le corde che le legavano le mani.

Ignorò le sue buffonate e le tirò giù le mutandine appena sotto i glutei. Si tirò indietro per ammirare la vista. Non fu sorpreso di trovare il suo culo perfetto come lo aveva immaginato. Prese la cintura e si avvolse l'estremità della fibbia attorno al pugno.

Spalancò gli occhi. Lui le afferrò i fianchi e la girò per farla voltare dall'altra parte. «Ti consiglio di stare ferma» la ammonì appena prima di farle scendere la cintura sui glutei con un leggero schiocco per perfezionare la mira.

Strillò, danzando lontano da lui, sollevò i piedi da terra e scalciò in aria. La sua intenzione era di intimidirla, e sembrò funzionare, perché sapeva che non le aveva fatto davvero male. Le afferrò i polsi e li bloccò contro la porta per tenerla ferma. Colpì di nuovo, solo un po' più forte.

Lei saltò come se fosse stata scossa dall'elettricità, mentre i piedi danzavano da un lato.

«Chi ti ha ingaggiata per uccidermi?» chiese.

Lei emise dei rumori, ma erano dei balbettii incoerenti.

La frustò di nuovo. «Ti ho fatto una domanda» ringhiò. «Chi ti ha ingaggiata per uccidermi?» Una serie di sillabe senza senso le uscirono dalla bocca, una dopo l'altra.

Ci pensò. Voleva che si spaventasse, ma terrorizzarla al punto di non riuscire a parlare non avrebbe funzionato. Camminandole davanti, tirò fuori il coltello. Rovesciò gli occhi all'indietro quando sollevò la lama. La tirò giù proprio mentre le sue palpebre tremavano e lei sveniva.

Accidenti.

Afferrò la sua figura inerte mentre cadeva a terra e la portò sul letto dove si sedette con lei cullata tra le braccia.

Nel giro di pochi secondi aprì gli occhi e sbatté le palpebre, guardandolo in faccia.

Lui le scostò i capelli dai grandi occhi azzurri e si guardarono. Appoggiandola sulle sue ginocchia, disse: «Ok, ci riproveremo. Ho bisogno di risposte da te e tu me le darai.»

Lei iniziò immediatamente a dimenarsi, contorcendosi tra le sue braccia come per tuffarsi dal suo grembo. Lui lo sfruttò a suo vantaggio, tirandole il viso verso le ginocchia. Le mutandine erano ancora aggrovigliate intorno alle cosce. Le schiaffeggiò il sedere nudo con uno schiocco soddisfacente. Aveva un sedere perfetto per le sculacciate: globi tondi e muscolosi che sfociavano in cosce ben tornite.

Le schiaffeggiò un lato, poi l'altro, più e più volte. Voleva solo farla parlare senza farle male, ma mentre la sculacciava, la rabbia per il suo tradimento si affievoliva, trasformandosi in compassione mentre lei scalciava e si dimenava e il suo bel sedere diventava rosato e poi di una tonalità di rosa più scura. La tenne stretta contro il suo corpo e fece attenzione a non schiaffeggiarla troppo forte. I mutaforma avevano una forza sovrumana e l'idea di provocarle lividi o di ferire davvero la sua piccola assistente non gli andava giù. Anche se aveva cercato di ucciderlo.

«Quanto ti hanno pagata per uccidermi?»

«Io non...»

Le diede una pacca sulla parte posteriore della coscia, facendola urlare e scalciare. «Quanto?»

«Ahi... ah... non stavo cercando di ucciderti. Tutto quello che dovevo fare era prendere il tuo portatile» ansimò di corsa.

«E lasciare quello con l'esplosivo dentro.»

Rimase immobile per un momento, sollevando la testa.

Il suo cuore saltò un battito. Non sapeva della bomba. La soddisfazione gli scaldò il sangue. Le posò una mano sulle natiche infuocate.

«Chi ti ha dato il portatile?»

«Non lo so.»

Riprese a sculacciare. «Chi ti ha assunta?»

«Non mi ha assunta nessuno.»

Le diede una pacca più forte.

«Aspetta!» gridò. «È vero, nessuno mi ha assunta. Hanno rapito mia sorella!»

Si bloccò, la mano a mezz'aria.

«Hanno detto che l'avrebbero portata stasera, ma non c'era.» La voce di Ashley sembrava strozzata.

Ashley si ritrovò improvvisamente sollevata e lasciata cadere sulle ginocchia di Ben, i cui occhi verdi la trafiggevano.

«È vero» sussurrò, vedendo che stava cercando qualcosa nel suo viso.

«Avresti dovuto venire da me» disse, con voce dura come l'acciaio.

Il sedere le pulsava, i suoi jeans erano ruvidi contro la pelle nuda. Deglutì. «Hanno detto che l'avrebbero uccisa» gracchiò.

Lui strinse le labbra. L'intensità con cui la guardava aveva un che di animalesco, come se lui fosse un cacciatore e lei la preda.

Il ricordo dell'enorme lupo che le saltava sopra la macchina le balenò nella mente. «Cosa sei?» sussurrò.

All'improvviso, lui si alzò, spingendola in piedi. «Vai a metterti nell'angolo con le mutandine abbassate» disse, indicando la giunzione di due muri, con un'espressione pericolosa. Non ci pensò nemmeno a non obbedire: l'aveva talmente intimorita che si sarebbe inginocchiata e gli avrebbe leccato la scarpa se glielo avesse ordinato.

Attraversò la stanza trascinandosi i piedi, mettendo il naso in un angolo, intensamente consapevole del suo culo nudo in bella mostra. Si chiese quanto fosse rosso. Le natiche erano calde e pizzicavano e per qualche bizzarra ragione, la figa pulsava a ritmo con il pulsare del sedere.

«Sto uscendo. Non muoverti nemmeno di un centimetro da quell'angolo. Se lo fai, ti sculaccio di nuovo e questa volta sarà con la cintura.»

Rabbrividì, ma il bisogno la fece osare chiedere «e se dovessi fare pipì?» Sbirciò oltre la sua spalla.

Lui socchiuse gli occhi. «Devi farla?»

«Sì.»

«Vai ora, allora» disse.

Si diresse verso il bagno, afferrando un lato delle sue mutandine con le mani legate e cercando di tirarle su.

«Lasciale» abbaiò. Lei si voltò e lo vide seguirla verso il bagno.

«Cosa stai facendo?»

«Ti tengo d'occhio.» Si sporse sulla porta del bagno e incrociò le braccia sul petto.

Si costrinse a smettere di arrossire mentre si sedeva sul water e fissava un punto sul pavimento. Quando ebbe finito, lottò con la carta igienica, il nastro adesivo le rendeva difficile pulirsi.

«Hai bisogno di aiuto?» chiese.

C'era il barlume di un sorrisetto sulle sue labbra? Lo fulminò con lo sguardo. «No.» Cominciò a tirarsi su le mutandine, poi si fermò, immaginando che le avrebbe urlato di nuovo.

«Esatto» disse lui, facendole cenno di andare avanti. «Le mutandine restano giù finché non le tiro su io.»

Sbuffò e cercò di camminare senza trascinare i piedi, tornando all'angolo.

«Resta lì.»

Bau. Non lo disse ad alta voce.

Il suo capo era un lupo mannaro. Una bestia enorme, nera e terrificante e qualcuno aveva cercato di usare lei per ucciderlo. Perché? E cosa avrebbe fatto con lei adesso?

Rimase lì trattenendo il respiro mentre lui se ne andava. Il suo fondoschiena era in fiamme e quella posizione umiliante la faceva infuriare, ma era ben consapevole del fatto che non le aveva fatto male. Be', a parte sul fondoschiena. Considerando che l'aveva appena visto cercare di strappare gole con enormi zanne affilate, questo diceva qualcosa.

Il ricordo di lui in piedi a torso nudo sopra di lei, che le strappava la camicetta e la esaminava con preoccupazione le passò davanti agli occhi. Anche se pensava che avesse cercato di ucciderlo, l'aveva controllata per vedere se aveva ferite. L'aveva salvata da quegli uomini, che avevano cercato di portarla con loro.

La porta del motel si aprì e si chiuse e lei lo sentì dietro di sé. I suoi pollici si agganciarono sotto l'elastico delle mutandine, inviandole una scossa elettrica nel punto in cui le toccavano la pelle. Nonostante tutto, nonostante il suo terrore che lui la stesse per uccidere, nonostante le sonore sculacciate che le aveva dato, nonostante l'umiliazione a cui l'aveva appena sottoposta, il suo corpo sussultava solo perché gli stava vicino.

Lui le tirò su lentamente le mutandine, un atto che sembrò più intimo persino del sesso. La figa si contrasse.

«Brava ragazza» mormorò, con il respiro caldo nel suo orecchio. I capezzoli si tesero. Brividi di eccitazione elettrica le attraversarono il corpo, ma troppo presto, lui fece un passo indietro. «Mettiti la gonna, ce ne andiamo.»

«Dove stiamo andando?» chiese, sentendo le ginocchia deboli mentre cercava di infilarsi la gonna senza cadere.

«Non sei nella posizione di fare domande» disse lui e le diede un altro schiaffo sul sedere coperto dalle mutandine.

«Sono tua prigioniera?» Lui sfilò la federa da uno dei cuscini e la usò per coprirle i polsi legati mentre la conduceva alla porta.

«Sì. Sei mia prigioniera.» La sua voce era profonda e roca e sembrava entrare nel suo corpo e inviare onde d'urto dal suo nucleo lungo le gambe. La condusse alla macchina e aprì la portiera posteriore. «Sali.»

Lei scivolò sul sedile posteriore. Lui la spinse subito giù per farla sdraiare sul sedile e le legò i polsi alla base del sedile anteriore, impedendole di sedersi. Poi si chinò su di lei con la federa aperta e lei capì le sue intenzioni.

«Aspetta, no» strillò mentre la federa le cadeva sulla testa.

La portiera della macchina sbatté.

«Signor Stone» gridò. «Ben! Per favore. Per favore, toglila.» Lottò per smuoverla, strofinando la testa contro il sedile.

La macchina partì.

«Per favore. Per favore» implorò.

«Calmati, Ashley. Non posso farti vedere dove ti sto portando.»

La macchina iniziò a muoversi.

«Toglimi questo di dosso. Prendi questa fottuta cosa...» Si dimenò, tirando i polsi per liberarli. «Oh, Dio» gemette quando le sembrò chiaro che lui non gliel'avrebbe tolta e lei non ci sarebbe riuscita da sola. «Oh, Dio.»

Il panico prese il sopravvento. Non riusciva a respirare. Urlò più e più volte, trattenendo brevi sussulti tra uno strillo e l'altro. I piedi scalciavano contro la portiera, i polsi legati si agitavano così tanto che si diede un pugno in faccia.

L'auto sterzò e frenò bruscamente.

Oh, merda, lo aveva fatto arrabbiare. Stava per metterla nel bagagliaio. Cercò di smettere di urlare, ma non riuscì a riprendere il controllo.

La portiera dell'auto si aprì e la federa si staccò con un sibilo. Lui allungò la mano verso di lei e lei si rannicchiò, pensando che l'avrebbe colpita. Invece le sue grandi mani le afferrarono la testa, la presero, immobilizzandola. I suoi palmi erano sulle sue orecchie, attutendo il suo senso del suono. Il silenzio forzato le diede uno strano senso di sicurezza, come se fosse al sicuro in un bozzolo da quelle mani, protetta.

Lui era chino su di lei, le sopracciglia aggrottate con la stessa espressione che aveva quando aveva pensato che fosse ferita. Soffriva, come se il suo attacco di panico gli avesse causato dolore. E lui aveva ignorato le sue ferite da proiettile. Che... dove diavolo erano? Non sanguinava più, e lei non vedeva traccia di una benda sotto la sua maglietta attillata.

«Sei claustrofobica.» Era un'affermazione, più che una domanda.

Annuì rapidamente, ancora incapace di riprendere fiato.

Iniziò a piegare la federa per il lungo. Lei si ritrasse di scatto quando gliela sollevò all'altezza della testa, ma lui insistette, avvolgendola sugli occhi come una benda. Non era abbastanza lunga da poterla annodare dietro, però.

«Non guarderò. Mi sdraierò e non guarderò, te lo prometto» promise, tremando ancora come una foglia.

La ignorò, tirando fuori il nastro adesivo. Ancora una volta, le posizionò la federa sugli occhi, poi le avvolse il nastro adesivo tutto intorno alla testa, fissando il tessuto come una corona intorno alla testa. «Ecco» disse. «Sdraiati.»

Un cuneo di nuova paura si sollevò e lei lo cercò selvaggiamente, le dita atterrarono sulla sua maglietta, che avvolse nel pugno. La sua mano pesante cadde sulla sua nuca. Mormorò un'imprecazione, poi la tirò fuori dall'auto.

Lei andò nel panico, dimenandosi selvaggiamente contro la sua presa. «Non nel bagagliaio. Per favore, non nel bagagliaio. Farò la brava, te lo prometto.»

Con suo stupore, lui la avvolse tra le braccia e la strinse al petto. Non disse una parola, ma non c'era dubbio sul conforto. Lei gli si aggrappò, il corpo tremava contro la figura dura e muscolosa di lui. Bevve della sua forza, della solidità di quel fisico. Centimetro dopo centimetro, il suo corpo si rilassò. «Non andrai nel bagagliaio» disse bruscamente. «Vieni davanti con me.»

«Oh.» Si costrinse a smettere di tremare mentre faceva

un profondo respiro. La liberò dall'abbraccio e le avvolse un braccio fermo intorno alla vita, guidandola in avanti e intorno all'auto. Le seguì la testa con la mano mentre si sedeva, come fanno i poliziotti nei programmi polizieschi. Il suo peso le premette contro e lei sentì lo scatto della cintura di sicurezza.

Tornato dal lato del guidatore, salì. Sentì il fruscio del movimento, poi le afferrò la testa e la tirò giù finché non toccò la sua coscia. Aveva messo qualcosa di morbido sul cruscotto, forse una felpa. Apprezzò la premura. «Stai giù» disse, con una nota di avvertimento nella voce.

Lei portò i polsi legati alla sua gamba e ci avvolse le mani, come se lui fosse la sua coperta di sicurezza e avesse solo bisogno di sentire il suo calore per restare calma.

Ingranò la marcia e fece retromarcia, con una mano ancora sulla sua nuca, a tenerla ferma. Ma poi la mano cominciò a muoversi. Le dita si infilarono nei suoi capelli e si chiusero a pugno, tirandola leggermente ma senza farle male. Si aprirono e si richiusero di nuovo.

Lei rimase perfettamente immobile, non volendo che si fermasse. Immaginò le sue mani che afferravano altre parti del suo corpo, il tocco ruvido, la stretta salda. Come sarebbe stato essere presa da lui? I lupi mannari facevano sesso con gli umani? L'immagine di lui che rotolava con il suo avversario in forma di lupo, tutto ringhi e denti, le tornò in mente.

Cosa avrebbe fatto con lei? Forse era la sindrome di Stoccolma, ma voleva credere che si sarebbe preso cura di lei. Che non le avrebbe fatto del male.

Ma che dire di Melissa? Anche lei era prigioniera di qualcuno in quel momento, se era ancora viva. Era stata ferita? Come l'avevano trattata i suoi rapitori?

Ashley doveva scappare da Ben Stone e raggiungere sua

sorella con il portatile prima che fosse troppo tardi. Doveva rimettersi in gioco ed escogitare un piano, subito.

* * *

Ben non aveva intenzione di amoreggiare con i capelli di Ashley, ma una volta affondate le dita nella folta e lucida criniera, era stata come una compulsione. Le accarezzò la nuca, torcendola e rilasciandola. Accidenti, la desiderava.

Aveva sentito l'odore della sua eccitazione quando l'aveva messa all'angolo. Lo aveva scioccato. L'aveva spaventata al punto di farla svenire e poi l'aveva sculacciata finché il suo culo non era diventato rosa e lei lo desiderava ancora? Il cazzo gli si irrigidì al pensiero. Cosa di questa donna umana lo aveva colpito così tanto?

Cambiò posizione, allontanando le mani dalla sua gamba e muovendo i piedi. Probabilmente era completamente paralizzata nella posizione in cui l'aveva messa. Il piede era aggrovigliato alla borsa dove l'aveva gettata sul pavimento lato passeggero.

Ci mise un momento a realizzare che stava furtivamente avvicinando la borsa a sé. Osservò, aspettando di vedere cosa stesse facendo. Fece un altro movimento per trascinarla e lo usò per infilare la borsa sotto le mani.

La bile gli salì in gola, la ferita del suo precedente inganno era ancora aperta. Si impose di tenere il respiro sotto controllo mentre lei rotolava in avanti, il viso premuto contro la sua gamba. Le mani legate caddero nella borsa, come se fossero appese lì inerti. Quando riemersero, tenevano il telefono.

Lui accostò la macchina e la mise in folle. Con un movimento rapido, le alzò il busto ancora di più sulle gambe e le sollevò la gonna.

«Cosa pensi di fare?» chiese, strappandole il telefono dalla mano. Tirandole le mutandine nella fessura, le assestò diverse forti sculacciate sul punto in cui sedeva. Fu dura raggiungerle il fondoschiena in quella posizione scomoda, ma ci riuscì, punendole il sedere già rosso mentre lei si contorceva e si dimenava sotto di lui. Aveva un telefono largo e sottile e la custodia di plastica emetteva un soddisfacente tonfo ogni volta che toccava la sua pelle rosea. «Dannazione, Ashley! La claustrofobia era solo un grosso stratagemma? Mi stavi solo ingannando per guadagnarti la mia compassione?»

«No» strillò. «No, non era un trucco. Basta, per favore. Ahi!»

«Smetterò quando avrò chiarito la questione.»

Si dimenò sulle sue gambe mentre lui continuava a sculacciarla. «Ahi, basta!» Affondò i denti nella sua coscia sinistra.

Invece di farlo arrabbiare, ebbe lo strano effetto di fargli desiderare di buttarla a terra e scoparla fino a farle saltare le cervella. Le lupe femmine mordevano e ringhiavano mentre facevano sesso, e lei aveva appena fatto scattare un interruttore in lui. La sua vista si incupì e i denti si affilarono per il bisogno di marchiarla. Appoggiò la testa allo schienale, chiuse gli occhi e respirò profondamente per riprendere il controllo.

Lei non interpretò il fermarsi delle sculacciate come una vittoria, rannicchiata tesa e immobile sulle sue ginocchia. «Mi dispiace» disse con un filo di voce.

Non aprì gli occhi. «Chi volevi chiamare?» chiese con voce stanca.

«Nessuno. Ho solo bisogno del mio telefono... nel caso chiamassero.»

L'irritazione spezzò l'eccitazione, riportandolo alla razionalità. «Pensavi che non ti avrei lasciata rispondere? Organizzare un nuovo incontro è fondamentale per capire chi diavolo c'è dietro tutto questo.»

Le piccole mani gli frugarono nei jeans, tirando il tessuto. «Mi dispiace» disse con voce sommessa. «Non lo sapevo.» Dopo un momento di silenzio, disse: «Pensavo di mandargli un messaggio.»

«Bendata?»

«Beh, il mio problema successivo era togliermi la benda.»

Ringhiò. «Cosa avresti voluto scrivergli?»

«Qualcosa tipo, *ho ancora il portatile e voglio mia sorella.*»

Le porse il telefono e sollevò la benda di un paio di centimetri. «Vai.»

Lei scrisse quelle parole e gliele mostrò prima di premere invio. Le prese il telefono e se lo mise in tasca, poi rimise a posto la benda. «Non ti muovi senza il mio permesso, capito?»

«Sì, signore.» Lui sospirò e riavviò la macchina.

«E mia sorella?»

«La troveremo» disse.

Lei si sollevò, il gomito gli entrò nell'erezione.

«Ahi.» Sussultò e la tirò giù nella posizione originale. «Stai lì.»

«Bau.»

Lui quasi sorrise a quelle parole. Accidenti, lo aveva davvero stuzzicato. Si permise di toccarle di nuovo i capelli, dicendo a sé stesso che era solo per spostarglieli dal viso. Ma non aveva senso, dal momento che lei non poteva comunque vedere. Le ciocche setose gli scivolarono tra le dita mentre lui tornava sulla strada e cercava di ignorare la vista del suo culo, ancora in mostra e con le mutandine infilate come un filo interdentale. L'odore della sua eccitazione riempì la macchina come aromaterapia per la sua libido già furiosa.

Si fermò al vecchio magazzino che il branco di suo fratello usava come luogo di incontro. Non c'erano altre macchine lì, ma questo non significava niente. Mark Ruhl gli aveva spiegato come disinnescare gli esplosivi al telefono, ma aveva concordato di incontrarlo lì per dargli il portatile in modo che potesse analizzarlo e monitorare quando sarebbe stato inviato il segnale per farlo esplodere. Mentre era al motel, aveva chiamato Stanley e gli aveva chiesto di venire anche lui all'incontro. Avrebbe avuto bisogno di un passaggio per tornare alla Stone Tech per prendere la sua macchina e il portatile e aveva bisogno di qualcuno che sorvegliasse Ashley mentre lui andava. Non sarebbe stato sicuro riportarla sulla scena.

Entrò con cautela, annusando l'aria. Vuoto. Una volta dentro, le tolse la federa del cuscino dagli occhi. Indicando un vecchio divano contro una parete, disse: «Siediti.»

Lei lo fulminò con lo sguardo, ma obbedì.

«Piccola» disse, «devi smetterla di lanciarmi quelle occhiatacce, o ti rimetterò sulle mie ginocchia per ricordarti chi comanda qui.»

Barcollò e lui era pronto a giurare che lo sguardo che gli aveva rivolto era di puro desiderio, ma lei distolse rapidamente gli occhi.

«Così va meglio» disse, con voce più roca del solito.

Sollevò la testa, cogliendo un rumore dalla porta sul retro. Si aprì e Stanley e altri tre maschi entrarono, nudi. I mutaforma erano sfacciati riguardo alla nudità, ma per la prima volta, si ritrovò infastidito, non gli piaceva il modo in cui Ashley li fissava. Presero i vestiti dagli armadietti, si avvicinarono furtivamente, osservandola. Si rese conto acutamente di quanto sembrasse fuori posto, ancora vestita con la sua stretta gonna da lavoro e i tacchi, la camicetta macchiata di sangue spalancata perché lui l'aveva sbottonata quando l'aveva aperta per controllare se era ferita. Perché diavolo non le aveva messo prima la sua camicia?

«Ehi, Stanley» disse. «Ehi, ragazzi.»

«Chi è?»

«Non devi saperlo» rispose. Ad Ashley, disse: «Abbassa gli occhi.»

Lei gli obbedì, anche se poteva vedere che era vigile e attenta.

«Hai portato un essere umano nel nostro luogo privato» Stanley affermò l'ovvio, con gli occhi socchiusi.

«Era bendata.»

«Sa cosa siamo.» Incrociò le braccia sul petto.

«Me ne occuperò io.»

«Come?»

Il codice generale diceva di uccidere gli estranei che lo scoprivano. Si irritò. «È un mio problema e me ne occuperò.»

Stanley sollevò le sopracciglia, guardando Ashley dubbioso. «Sembra un problema che cammina.»

Capitolo quattro

Ashley aveva smesso di abbassare gli occhi per guardare torva l'uomo di nome Stanley.

«Un problema mio, non tuo» disse Ben.

Cosa intendeva quando aveva detto che se ne sarebbe occupato lui?

«Sì? Allora perché siamo qui?» chiese il lupo aggressivo.

La mascella di Ben si indurì. «Qualcuno sta cercando di uccidermi. Ho solo bisogno di un piccolo rinforzo mentre scopro chi c'è dietro.»

Stanley lo guardò. «Stai chiedendo un sacco di favori per essere uno che non è nemmeno un membro del branco.»

Scrollò le spalle. «Se non sei disposto ad aiutare, me ne occuperò da solo.»

Stanley si accigliò. «Ci hai già coinvolti. Hai portato un'umana nella nostra tana, e ora ci ha visti in faccia.»

Un ringhio basso e ultraterreno uscì dalla gola di Ben, facendole venire i brividi lungo la schiena.

Stanley fece un cenno con entrambe le mani. «Vuoi sfidarmi per il ruolo di alfa? Fallo. Sappiamo entrambi che vinceresti. Ma se vuoi solo entrare ed estorcere favori senza restituirne, nessuno ti seguirà.»

Il volto di Ben rimase impassibile, eppure lei riusciva a percepire la sua frustrazione.

Un'auto si fermò fuori. Nessuno si mosse, i due uomini, o lupi, si guardarono, la tensione si irradiava tra loro.

La porta si aprì. «Ehi, Ben» disse un uomo di mezza età con la testa rasata e una maglietta bianca attillata mentre entrava. Come gli altri lupi, era pieno di muscoli. In effetti, sembravano tutti usciti da un calendario dei pompieri. Tranne forse per il fatto che sembravano un po' meno sani dei pompieri. C'era una ruvidezza trasandata in quegli uomini che la rendeva nervosa.

«Ehi, Mark.»

Ben continuò a guardare gli altri lupi mentre stringeva la mano a Mark. «Grazie per l'aiuto di prima.»

«Nessun problema» disse Mark, guardando da Ben al capobranco e di nuovo a Ben, molto probabilmente percependo la tensione. «Hai l'esplosivo?»

Un brivido le attraversò il corpo alla parola esplosivo. Avrebbe potuto uccidere Ben. Non poteva certo biasimarlo per non essersi fidato di lei, no?

Lui scosse la testa. «Non ancora. Ho avuto un piccolo problema mentre uscivo. Speravo che mi accompagnassi lì.»

«Nessun problema.»

«E vuoi che noi teniamo d'occhio la ragazza» disse Stanley senza mezzi termini.

«Sì.»

«Chi è?»

Ben incrociò le braccia sul petto. «È la mia assistente. Ha lasciato lei la bomba.»

Cinque paia di occhi freddi si voltarono verso di lei.

Si ritrasse sul sedile.

«È stata ricattata.» Ben porse il telefono di Stanley Ashley. «Questo è il suo telefono. Se gli uomini che l'hanno ricattata chiamano, deve rispondere. Altrimenti, non fidarti di darglielo.» Poi a lei, disse, «Di' loro che hai il portatile e che vuoi fare lo scambio. Non sai niente del lupo. Capito?»

Annuì. «Sì, signore.»

Ben guardò Stanley. «Allora, sei disposto?»

L'uomo annuì a malincuore. «Sì. La terremo d'occhio.»

Ben le toccò la spalla, inviandole una scossa di energia elettrica. «Comportati bene. Tornerò entro un'ora.» Se ne andò con Mark. Notò immediatamente l'assenza della sua potente presenza. Non solo l'energia nella stanza cambiò, ma provò anche una fitta di sgomento, come se essere separata da lui la turbasse. Aveva decisamente la sindrome di Stoccolma.

Gli uomini tirarono fuori le sedie pieghevoli e le aprirono, sedendosi in cerchio attorno a lei.

«Quindi... siete tutti lupi?»

Il loro capo le lanciò un'occhiata gelida, poi si voltò verso gli altri uomini, ignorandola intenzionalmente. «Cosa ne pensate?»

«Di Stone?» chiese l'uomo accanto a lui con un piercing al sopracciglio. «Penso che abbiate fatto bene a mettere in dubbio la sua lealtà. Voglio dire, sono venuto perché me l'avete chiesto voi, ma se mi avesse chiamato lui... beh, l'unica ragione per cui sarei potuto venire è per rispetto alla memoria di Leon. Ma quella garanzia si esaurirà presto se tutto ciò che fa il suo fratellino è prendere.»

«Beh, tecnicamente questo è il primo favore che ha chiesto nei tre anni in cui è stato qui» disse un giovane asiatico.

Non sapeva perché si sentisse così sollevata nel sentire qualcuno parlare in difesa di Ben. Lei non capiva sicuramente la politica in ballo, ma era abbastanza colta da riuscire a capirci qualcosa. Erano una specie di gang, e Leon, il fratello morto di Ben, ne faceva parte, ma Ben no.

«Sì, ma dov'è stato? I lupi solitari sono un problema, è tutto quello che ho da dire» borbottò il tizio con il piercing. «Sai come i lupi artici gestiscono i lupi solitari.»

«No, come?» chiese l'uomo asiatico.

«Il branco li caccia e li uccide. Voglio dire i *canis lupine*, non i mutaforma. Ma sto dicendo che potremmo prendere spunto dal loro modo di fare.»

Gli altri uomini grugnirono in una sorta di assenso.

Tentò di nuovo di conversare. «Siete un branco? E questa è la vostra club house?» chiese, guardandosi intorno. Il magazzino era fatto di acciaio, come un granaio gigante. I pavimenti erano di compensato, dipinti di grigio ma coperti di macchie scure. Sedie pieghevoli e tavoli erano accatastati contro una parete e una fila di armadietti si trovava sul retro. Da una parte, aveva le caratteristiche di ogni buon ritrovo per uomini: un tavolo da biliardo, un biliardino e un bersaglio per le freccette. Per il resto, era un grande spazio vuoto.

Cosa facevano lì?

Stanley la guardò di sfuggita. «Nessuno sta parlando con te.»

Le brontolò lo stomaco. Aveva saltato la cena perché era stata troppo agitata per l'incontro. Ora dovevano essere quasi le nove.

«Vuoi giocare a biliardo?» chiese quello con il piercing.

«Sì, certo.» Stanley si alzò e lo seguì.

Rimase con il giovane asiatico e un uomo enorme e massiccio, che l'asiatico chiamava Brian. Parlarono a lungo di statistiche sul baseball. Dopo quello che dovevano essere stati quarantacinque minuti, si alzò in piedi, decisa a trovare il bagno per bere almeno un po' d'acqua.

«Dove pensi di andare?» chiese Brian, spingendola di nuovo giù.

«Posso avere un po' d'acqua?»

Lui aggrottò la fronte. «Sì, credo di sì. Non muoverti.» Brian attraversò la stanza verso la porta che lei aveva immaginato fosse il bagno. Quando tornò, aveva un bicchiere di plastica pieno d'acqua e un rotolo di nastro adesivo.

«Grazie» disse, prendendo goffamente il bicchiere d'acqua tra le mani legate e osservando il nastro adesivo. I suoi timori furono confermati quando lui si accovacciò ai suoi piedi e le avvolse le caviglie con del nastro adesivo. «Non è davvero necessario» disse. «Non stavo andando da nessuna parte; semplicemente non volevo chiederti di servirmi.»

«Finiscila» ordinò, tendendo la mano per prendere il bicchiere.

Lei inclinò la testa all'indietro e bevve il resto, poi glielo porse. Strappò un pezzettino di nastro adesivo.

«Oh, ehi» esclamò, cercando di scivolare sul divano lontano da lui. «Non è necessario. Terrò qui-»

Le schiaffò il nastro sulla bocca. Urlò con le labbra chiuse e sollevò i piedi legati, proprio tra le sue gambe.

Brian grugnì di dolore e alzò la mano, colpendola duramente sulla guancia con il palmo aperto.

Lei ansimò, ma con la bocca chiusa, non riusciva a inspirare abbastanza aria, le sue narici si unirono e si bloccarono, il che la fece solo succhiare più forte finché il bordo esterno della sua vista non iniziò a diventare nero e le luci le danzarono davanti agli occhi.

Calmati. Espira.

Le lacrime le uscirono dagli occhi, non per il dolore dello schiaffo, ma per la risposta del suo corpo al non respirare. Riuscì a far uscire un po' d'aria dai polmoni e a farla rientrare, ma non le sembrò abbastanza. Gli stronzi se ne erano già andati, il che era un sollievo, perché non avrebbe voluto che la vedessero piangere. Chiuse gli occhi e appoggiò la testa allo schienale del divano, sforzandosi di rallentare il battito cardiaco.

Puoi respirare con il naso. Puoi respirare con il naso...

Non sapeva per quanto tempo era rimasta seduta lì prima che la porta si aprisse. Scostò le palpebre e vide Ben che le si avvicinava a grandi passi, con un'espressione cupa e furiosa. Si ritrasse, non volendo essere l'oggetto della sua rabbia.

Le staccò il nastro dalla bocca, che le faceva un male cane. Sbatté le palpebre per trattenere le lacrime patetiche che le erano sgorgate per il sollievo di averlo tolto. Con aria minacciosa, le mise un dito sul mento e lo girò, guardandole la guancia, che ancora le bruciava.

Si alzò. «Chi l'ha colpita?» chiese.

Il tizio enorme si avvicinò e disse senza preoccupazione: «Mi ha dato un calcio nelle palle.»

Ben emise un ringhio e afferrò l'uomo in un lampo, rotolando sul pavimento in un groviglio di arti volanti e ringhi disumani.

Sentì sé stessa strillare e si tenne le mani legate sulla bocca per zittirsi. Gli altri uomini si radunarono intorno, apparentemente indifferenti. In realtà, sembravano eccitati, come se si trattasse di un combattimento di galli e avessero puntato soldi sul vincitore.

«Non li fermi?» chiese, guardando Stanley, il loro capo.

Lui scrollò le spalle. «Non ancora.»

Ben tirò un pugno e colpì il naso di Brian, facendo schizzare il sangue in tutte le direzioni. Mentre il sangue colava sul pavimento, si rese conto, con un sussulto di disgusto, che tutte le macchie scure sul compensato dovevano essere di sangue.

Gli uomini continuarono a rotolare e rotolare, a colpirsi e.... sì, a mordersi, a sbattersi la testa a vicenda sul pavimento o contro la propria testa. Gli occhi di Ben brillavano di giallo e i suoi denti sembravano più lunghi di quelli umani.

«Va bene, basta così» intervenne Stanley, ancora senza alcun tono di urgenza.

Brian obbedì al suo capo, alzandosi pesantemente in piedi. Ben non si era arreso e aveva lanciato un altro attacco, ma i tre lupi lo avevano afferrato e gli avevano bloccato le braccia. «Stanley ha detto basta» ringhiò quello con il piercing.

Ben si immobilizzò, ma i suoi muscoli erano tesi, il viso contratto dalla rabbia.

Stanley alzò la mano per far segno a Ben di fermarsi. «Non era marchiata» disse pacatamente.

Si chiese cosa diavolo significasse.

Ben si scosse dagli uomini che gli tenevano le braccia e si diresse verso di lei. Con un movimento fluido, la gettò giù dal divano sopra la sua spalla e si diresse verso la porta.

«Sì, di niente, stronzo» borbottò Brian.

Ben non si fermò né si voltò, uscì semplicemente dalla porta e andò alla macchina, dove la adagiò delicatamente nel bagagliaio.

* * *

Fece dei respiri profondi per riprendere la calma. Si odiava per aver lasciato che Ashley venisse maltrattata in quel modo. Cosa aveva pensato? Quei lupi non erano suoi amici. Non erano nemmeno suoi alleati.

«Chiudi gli occhi» borbottò, rendendosi conto che non avrebbe dovuto portarla fuori di lì senza la benda.

Per qualche miracolo, lei obbedì. Lui prese la benda e il nastro adesivo dal sedile anteriore e glieli avvolse. Lei tremava e aveva un'espressione di shock. Non era sicuro se fosse per rabbia o paura. Probabilmente entrambe. Sapeva che avrebbe dovuto scusarsi; diavolo, avrebbe dovuto implorarla di perdonarlo, ma non riusciva, per la miseria, a capire cosa dire. Non c'erano scuse per quello che le era appena successo. Ed era tutta colpa sua. Avrebbe dovuto proteggerla e non aveva fatto altro che terrorizzare e traumatizzare quella donna. Sì, aveva lasciato una bomba nella sua valigetta, ma non poteva davvero biasimarla per questo, no? Non sapeva cosa fosse. E anche se lo avesse saputo, era naturale che avrebbe preferito la vita della sorella alla sua. Era stupido credere che potesse avere qualche tipo di attaccamento dopo aver lavorato per lui solo per una settimana.

Allora perché lo infastidiva ancora così tanto?

Era lui quello con l'attaccamento irrazionale. E gli aveva già causato un mondo di guai. Se non avesse chiesto ad Ashley di essere la sua assistente, se non lo avessero visto guidare fino a casa sua e prenderla, farla salire al suo piano, accoglierla nella sua vita, lei non sarebbe stata presa di mira come la migliore candidata possibile per piazzare la bomba. Sua sorella sarebbe stata al sicuro in quel momento, e lei sarebbe stata beatamente ignara del lupo che non riusciva a togliersela dalle vene.

Le tagliò il nastro dalle caviglie e la aiutò a salire in macchina. Salendo al suo fianco, le allacciò la cintura di sicurezza. Abbassò il busto al centro, ma questa volta sembrò evitare di proposito di appoggiargli la testa in grembo. Lui non la biasimò.

Ingranò la marcia e iniziò a guidare. Nonostante l'esito

negativo di quell'incontro, c'era un altro lupo che avrebbe potuto aiutarli e Mark Ruhl aveva dato a Ben il suo indirizzo. Sfortunatamente, l'hacker Jeff Zolla aveva lasciato il branco di Stanley per il branco di Boulder, il che significava che forse non era disposto a fare nulla per Ben. Pensò che fosse meglio presentarsi di persona che provare a chiamare. Ma prima, aveva bisogno di fermarsi a trovare sua cognata perché aveva un brutto presentimento su chi ci fosse dietro quell'attacco.

Dopo aver percorso otto chilometri, tolse la benda ad Ashley. «Ora puoi sederti.»

Si sedette, guardò fuori dal finestrino e sbatté le palpebre alla vista dei lampioni. «E quindi...? Te ne vai in giro e tiri pugni sul naso alla gente ogni volta che ti incazzi?»

Non sapeva cosa dire, quindi non disse nulla. Ripensando a quello che quel coglione di Brian aveva fatto ad Ashley, digrignò i denti.

«Non so per cosa eri così arrabbiato. Non è che mi abbiano fatto qualcosa di diverso da quello che hai già fatto tu. Voglio dire, mi hai portata qui legata con del nastro adesivo. Loro ne hanno solo messo dell'altro. E lui mi ha schiaffeggiato la faccia. Be', tu mi hai schiaffeggiato il culo. Più di una volta. Sono tua prigioniera qui, giusto?»

Le sue parole lo colpirono come un pugno nello stomaco. Aveva ragione. L'aveva trattata male anche lui. Rendeva tutto giusto perché lui teneva a lei? O perché credeva di avere il diritto di punirla per aver cercato di ucciderlo? Sculacciare le femmine faceva parte della loro cultura da lupi, proprio come risolvere fisicamente i torti tra maschi. Ma doveva aver scioccato Ashley essere sculacciata. Sapeva di non averle fatto del male. Era stato attento a farlo solo come dimostrazione di dominio, non per causarle dolore duraturo. E dal suo odore, pensava che lo trovasse eccitante. Ma pensare che si sentisse abusata da lui come da loro gli faceva venire la nausea. Era un male per lei. Davvero un male. E sebbene avesse l'obbligo di salvare sua sorella e proteggerla dagli uomini che avrebbero potuto volerle fare del male, la sua parte egoista non voleva che ciò avvenisse a spese della perdita per sempre della sua stima. Uscì bruscamente dalla Sixth Avenue West e si fermò in un Motel 6. Non era sicuro portarla a casa, ma almeno poteva liberarla se era quello che voleva. Lei aveva la sua macchina e il suo telefono. Lui poteva mutare e andare a piedi. Scese dall'auto e le si avvicinò. Le tagliò l'adesivo dalle mani e l'aiutò ad alzarsi.

«Non sei mia prigioniera. Se vuoi farlo da sola, io ne starò fuori.»

Spalancò gli occhi e poi li strinse. Incrociò le braccia sul petto. «Fanculo, Stone. Non vado da nessuna parte senza di te.»

Il lupo che era in lui sentì la sfida come una specie di richiamo di accoppiamento. La forza della follia prese il sopravvento e lui la spinse contro la macchina, schiacciando le labbra contro le sue. Sapeva di lucidalabbra al gusto di frutti di bosco, le sue labbra erano incredibilmente morbide. Lui affondò le dita nei suoi setosi capelli castani, strinse il pugno e tirò. Non stava pensando, non sapeva nemmeno di volerla baciare, ma quando la sua lingua rispose, leccandogli la bocca e aggrovigliandosi con la sua, l'impulso di marchiarla arrivò come un treno merci.

Premette il pene dolorosamente duro contro il suo ventre piatto. La baciò come se volesse divorarla, le sue dolci labbra si aprirono per accogliere la lingua che spingeva, allungò le dita per afferrargli le spalle.

La sua pelle si accaldò, la vista si fece acuta e i canini iniziarono ad allungarsi.

Gesù Cristo. Stava per marchiarla proprio lì nel parcheggio.

Ma accidenti, se avesse perso il controllo, avrebbe potuto essere pericoloso per lei. Diavolo, avrebbe potuto persino ucciderla. Quando un lupo faceva sesso con una femmina, i suoi canini si allungavano e lui le affondava i denti nel collo o nella spalla. Mordere causava una sottomissione immediata, così la femmina si rilassava e gli permetteva di dominarla. Nel caso dell'accoppiamento, lui lasciava il suo marchio permanente su di lei, rompendo la pelle per imprimere in modo permanente il suo odore nella sua epidermide.

Con un'umana, rabbrividì al pensiero di cosa sarebbe potuto succedere: avrebbe potuto colpirle la giugulare e il dolore che le avrebbe causato sarebbe stato imperdonabile. Soprattutto perché gli umani non guarivano da un giorno all'altro come i lupi.

Lasciala.

Il suo corpo non avrebbe obbedito alla sua mente. Le tirò indietro la testa e le leccò una riga lungo la gola, mordendole il collo. L'atto scatenò il vero istinto e all'improvviso i suoi denti erano fuori, completamente estesi.

Lui si ritrasse di scatto, ruotando di lato per togliere il collo di lei dalla linea delle sue mascelle mentre si chiudevano di scatto. Le voltò le spalle e iniziò ad allontanarsi rapidamente, avendo bisogno di mettere distanza tra i loro corpi. Inspirò profondamente l'aria fresca di settembre, guardando la luna come se potesse in qualche modo aiutarlo a ritrovare la ragione.

«Ben?» lo chiamò. Nonostante il suo atteggiamento da duro, colse una nota di vulnerabilità nella sua voce.

«Arrivo» disse, con una voce più profonda del normale. Fece un ampio giro intorno all'auto, mentre la vista gli tornava alla normalità umana e i denti si ritiravano. Sperava che anche la stretta nei suoi pantaloni si sarebbe presto allentata. Dopo un paio di giri intorno alla sua dipendente sconcertata e all'auto, tornò al posto di guida, salì e sbatté la portiera senza guardare Ashley.

Lei salì e allacciò la cintura di sicurezza. «Mi dispiace» disse lui bruscamente. «Non succederà più.»

Lei girò la testa e lo fissò, con un'espressione vuota. Cosa diavolo pensava di tutto questo?

Le squillò il telefono. Si tuffò verso la borsa, sbattendo il telefono in modo che le volasse verso il viso. Lo afferrò con mani tremanti e lo girò, guardando lo schermo. «Sono loro» sussurrò come se potessero sentire.

«Rispondi.»

«P-pronto?»

«Cosa è successo?» chiese la voce maschile alterata elettronicamente.

«Dov'è mia sorella?»

«Tua sorella morirà se non ci porti quel portatile. Cos'era quell'animale al luogo dell'incontro?»

«Non lo so, ha aggredito anche me. Mi ha inseguita fino alla mia macchina e me ne sono andata senza vedere dove fosse andato.»

Seguì un silenzio. Poi: «Con chi hai parlato?»

«Nessuno! Nessuno. Ho ancora il portatile e voglio mia sorella.»

«Preparati a incontrarci. Ti chiameremo per darti la posizione.»

«Aspetta, quando? A che ora?»

«Domani sera.»

La linea si interruppe.

Lei lo guardò e sospirò. «Beh, sembra che sia ancora viva.»

Forse. Non ne era troppo sicuro. Il fatto che non avessero fatto uscire sua sorella dalla macchina gli faceva pensare che non avessero intenzione di lasciare che nessuna delle due donne se ne andasse.

Collegò il telefono al caricabatterie dell'auto. Era grato che ne avesse uno che funzionasse su entrambi i loro telefoni.

«Pensi che dovrei chiamare i miei genitori? Voglio dire... dovrebbero sapere che potrebbero non rivedere mai più la loro figlia.»

«No» disse, con un tono autoritario. «Metterebbe solo in pericolo tua sorella.»

Si aspettava quasi resistenza, ma lei annuì. «Ben?»

Gli piaceva che usasse il suo nome di battesimo, anche se era impertinente. «Sì?» Si preparò a un'altra domanda pesante.

«Ho fame.»

Il sollievo iniziale per questo problema di facile risoluzione fu offuscato dal senso di colpa. Avrebbe dovuto sapere che stava morendo di fame. Che tipo di capo famiglia era per lasciare che la sua compagna soffrisse la fame?

Ma no, non era la sua compagna, né poteva esserlo. Doveva smetterla di pensare a lei in quel modo.

«Ti va bene il fast food?»

«A questo punto andrebbe bene anche il cibo per cani» borbottò.

Vide un cartello di una catena di fast food, prese l'uscita e andò al drive-thru. Con la camicetta strappata e coperta di sangue, non poteva certo portarla da nessuna parte. Ordinò e pagò, porgendole il sacchetto e tornando in autostrada.

Lei scartò il panino e ne diede un grosso morso. «Vuoi che ti apra qualcosa?» chiese con la bocca piena.

Nonostante tutta la tensione tra loro, non poteva fare a meno di trovarla carina. Ebbe un lampo di desiderio. Ecco come sarebbe stato se Ashley fosse stata la sua ragazza. Parlare con la bocca piena, ridere, sentirsi a proprio agio l'uno con l'altra. Non riusciva a ricordare l'ultima volta che aveva riso con qualcuno. Sicuramente non da quando Leon e suo padre erano morti. Non da quando aveva tradito la sua famiglia e li aveva lasciati morire.

* * *

Ashley si rimpinzò, mangiando troppo in fretta. Si appoggiò allo schienale del sedile, improvvisamente esausta. «Dove stiamo andando?»

«Prima da mia cognata, poi a trovare un tizio che potrebbe aiutarci.»

«Come quei tizi di prima?»

Lui le lanciò un'occhiata cupa. «Ho fatto un errore» disse. «Non avrei dovuto lasciarti con loro. Mi dispiace.»

Per qualche ragione, le sue scuse la colpirono con una fitta. Non si aspettava alcuna concessione da lui, ed era più facile prepararsi al suo fascino oscuro quando si comportava da idiota. Tuttavia, sapeva che era dispiaciuto. Non avrebbe attaccato quell'altro tizio altrimenti. E mentre la dimostrazione di violenza era stata in qualche modo nauseante, la lasciò anche più che giustificata.

«Ascolta, Ashley... Avrei dovuto avvertirti prima di entrare. Non essere mai sfacciata o irrispettosa con un lupo. Viene presa come una sfida alla struttura di potere, e segue sempre una rapida rappresaglia fisica per ristabilire l'ordine.»

«È per questo che mi hai sculacciata?»

«Sì.»

«Ti piace, vero?»

I suoi occhi scivolarono di lato, sollevò gli angoli della bocca. «Potrei apprezzarlo un po', sì.»

Arrossì, in parte arrabbiata e in parte qualcos'altro. Qualcosa di viscido e svolazzante che si muoveva nel suo ventre. «Selvaggio» borbottò, spostando la sua attenzione fuori dal finestrino.

«Ashley» disse lui, con aria seria. «Dico sul serio, non offendere nessun altro. So che Brian se l'è cercata, ma è importante. Se uno di loro avesse lasciato un segno serio su di te, avrei potuto ucciderlo. E poi avrei avuto tutto il branco contro, e di conseguenza contro di te. Quindi è una cosa importante.»

Avrei potuto ucciderlo. Quell'informazione la fece sentire leggermente stordita. Lui aveva una cotta per lei. Lo sapeva.

«Okay.»

«Sì, *signore*» corresse.

«Sì, signore», disse lei, solo leggermente sarcasticamente.

«Grazie» disse lui.

Pensò a quanto la loro relazione fosse cambiata in meno di ventiquattro ore. Se non fosse andata avanti, avrebbero potuto tornare indietro? Lavorare alla Stone Tech sembrava un mondo completamente diverso ora.

«Ben?» Non sapeva quando aveva iniziato a chiamarlo così. Ma considerando che l'aveva visto nudo e in forma di lupo, e che le aveva dato delle sculacciate con le mutandine abbassate, *signor Stone* non sembrava più giusto. «Ti dispiace se ti chiamo così?»

Gli lanciò un'occhiata al viso cesellato, la barba ispida

che gli cresceva sulla mascella lo rendeva ancora più sexy di quando era rasato.

«No.»

Quell'uomo le avrebbe mai dato qualcosa di più di una risposta monosillabica? Il suo discorsetto sul rispetto dei lupi avrebbe potuto essere il più lungo che avesse mai pronunciato.

«Pensi che torneremo mai al lavoro?»

«Sì.»

«Cioè... sarò ancora la tua assistente?» Trattenne il respiro. Non lo avrebbe biasimato se l'avesse licenziata. Dopotutto, lo aveva derubato e aveva piazzato una bomba che avrebbe potuto ucciderlo.

«Sì» disse lui, ma la sua gola risuonò stretta, come se stesse mentendo. Aveva intenzione di licenziarla? O peggio... ucciderla? Aveva detto ai membri del branco che si sarebbe "occupato" del fatto che lei sapeva di loro. La stava tenendo in vita solo per organizzare l'incontro con gli uomini che lo volevano morto? Aveva intenzione di ucciderla quando fosse tutto finito? Da quello che poteva capire, era un uomo pericoloso. «Mi darai ancora una sculacciata se esco dai ranghi?» chiese, cercando di alleviare la propria tensione, se non la sua.

Funzionò. Il sorriso ombrato di Ben apparve, quel piccolo accenno di divertimento che gli increspò gli occhi e gli toccò gli angoli delle labbra. «Ti piace parlare delle sculacciate» disse.

La figa si contrasse involontariamente alle sue parole. Trattenne il respiro, cercando di scacciare il rossore che sentiva salirle sul collo. Tuttavia, si lanciò in avanti. «Chi altro hai sculacciato? Hai sculacciato Karen?»

«No» disse, sembrando sorpreso. «Non essere ridicola.»

«Allora chi? Le tue amiche? Amanti? Erano lupe?»

«Sei stata la mia prima» disse.

Perché quella risposta le piacque così tanto?

«Sei stato anche tu il primo» disse, sapendo di sembrare una piccola sciocca.

Lui sorrise davvero, il che fece sì che il suo cuore facesse strane cose nel petto. «Quindi le sculacciate sono una cosa da lupi?»

Scrollò le spalle nell'auto buia. «È una pratica comune. È una facile dimostrazione di dominio senza causare alcun danno.»

«Quindi fondamentalmente i lupi sono maiali sessisti che pensano di essere migliori delle donne e hanno il diritto di sculacciarle?» Trattenne il respiro, aspettandosi la sua irritazione, ma lui sorrise.

«No. Penso che alcune relazioni siano più eque. Ma io sono un alfa naturale. Non credo di essere migliore delle donne. Ho solo bisogno di essere al vertice.»

Ci pensò, ricordando le parole che erano state lanciate nel magazzino. «Pensavo avessero detto che non eri un alfa.»

Ci mise così tanto a rispondere che aveva perso la speranza di una risposta, ma alla fine disse: «Mi sono rifiutato di guidare il branco di mio fratello. Semplicemente non ne avevo la forza.»

Si sporse e gli toccò la coscia. «Beh, certo che era troppo. Dovevi già prendere il comando alla Stone e probabilmente stavi per giunta ancora piangendo la sua morte.»

Gli occhi di Ben si spostarono su di lei, un muscolo gli sussultò sulla guancia. Sembrava leggermente allarmato, come se fosse scioccato dal fatto che lei lo aveva capito. Almeno sperava di averlo capito. Ma lui le prese la mano e la tolse dalla gamba, il che le fece desiderare di strisciare sotto il sedile per il resto del viaggio. Perché non poteva toccargli la gamba quando lui l'aveva appena schiacciata contro la macchina e l'aveva baciata a morte? Si lasciò cadere sul sedile e fissò i fari delle auto che li sorpassavano. Quel giorno erano successe troppe cose perché lei potesse anche solo provare a dare un senso a tutto.

* * *

Entrò nel vialetto circolare del fratello a Golden, un sobborgo occidentale di Denver. Adagiato ai piedi delle Montagne Rocciose, il cortile sul retro della casa di Leon offriva viste spettacolari e persino un ruscello naturale alimentato da una sorgente di montagna rocciosa che vi scorreva attraverso. Le luci con sensore di movimento si spensero, illuminando il marciapiede.

«Vengo anche io?» chiese Ashley mentre apriva la portiera della macchina.

«Sì.»

Scese e si lisciò la gonna sgualcita, tenendo chiusa la camicetta.

Lui suonò il campanello.

Dopo molto tempo, Shayla parlò da dietro la porta chiusa. «Ben?»

«Sì, sono io. Scusa per l'ora così tarda, ma devo parlarti.»

Aprì la porta, il viso teso, ma offrì le guance per dei baci in stile sudamericano. Come femmina alfa, Shayla poteva essere minuta in forma umana, ma era grande, snella e veloce come lupa, con pelliccia marrone chiaro e occhi gialli.

«Questa è Ashley Bell. È la mia assistente alla Stone.» Shayla rimase a bocca aperta alla vista della camicetta strappata e insanguinata di Ashley. «Cos'è successo?»

«Possiamo entrare?»

«Oh, certo, scusate» disse, facendo un passo indietro per farli entrare. «Cosa sta succedendo, Ben?»

Si strofinò il viso. Sapeva che Shayla non gradiva che le scaricassero un dramma sulla porta di casa nel cuore della notte, quando aveva due bambini addormentati nei loro letti. Leon era stato un marito perfetto per lei, le aveva fornito lo stile di vita che desiderava per essere una mamma casalinga. Quando aveva chiesto a Ben di essere il loro padrino, aveva chiarito che se gli fosse successo qualcosa, la priorità principale di Ben sarebbe stata gestire la Stone Tech per fornire lo stesso agio e il comfort a cui la sua famiglia si era abituata.

Sapeva anche che Shayla non approvava necessariamente lui e il modo in cui aveva gestito le cose dopo la morte di Leon. Poteva praticamente sentire il giudizio che gli pioveva addosso a ondate in quel momento e, sfortunatamente, probabilmente se lo meritava tutto. Dio, sapeva che era colpa sua se Leon era morto. Non era riuscito a guardarla negli occhi dal giorno in cui avevano seppellito i resti mutilati del corpo di suo fratello, che era stato riportato negli Stati Uniti per il funerale.

«Allora perché sei qui?»

«Posso sedermi?» chiese lui in modo deciso, anche se era maleducato da parte sua sottolineare la sua mancanza di cortesia, considerando che era stato lui a presentarsi alla sua porta quando i suoi figli erano già a letto.

Lei arrossì come sapeva che avrebbe fatto e fece un gesto verso il tavolo. «Volete qualcosa da bere? Un po' di tè, magari?»

Guardò Ashley.

«No, grazie» disse lei, «ma non avresti una maglietta che potrei prendere in prestito, vero?»

Imprecò dentro di sé. Avrebbe dovuto chiedere a Shayla

dei vestiti per Ashley. Che diavolo gli era successo? Avrebbe dovuto essere più premuroso riguardo alle esigenze della sua donna.

«Certo» disse Shayla e scomparve nella sua stanza, tornando con una piccola maglietta color malva, che sembrava quasi della misura di una bambina. La porse ad Ashley. «Spero che questa vada bene» disse la sua minuta cognata.

Ashley la aprì e se la tenne sollevata al petto. «Grazie» disse. «C'è un bagno che posso usare per pulirmi?»

«Ti accompagno» disse lui, cercando di redimersi. La condusse al bagno del corridoio e la fece entrare, chiudendo la porta dietro di sé.

Si voltò verso di lui. «Non ti fidi di me?»

Non percepì alcun dolore da parte sua, solo una domanda superficiale. «»Non mi fido del mio giudizio quando ti riguarda» disse, facendo un passo avanti e sbottonandole l'unico bottone rimasto della camicetta, quello tra i seni. La camicetta si aprì e lui si sentì girare la testa alla vista del reggiseno viola di pizzo. Era abbinato alle mutandine che aveva visto prima. I seni sodi lo riempivano completamente, la pelle spingeva fuori dai suoi bordi.

Il cazzo si ingrossò, premendo contro la cerniera dei jeans.

Con sua sorpresa, le piccole mani apparvero sotto la sua maglietta, scivolando lungo il suo addome, spingendo su il tessuto.

Trattenne il respiro per lo shock della sua pelle contro la sua. «Cosa stai facendo?» gracchiò.

«Non ti hanno sparato stasera?» chiese, tirando su la maglietta per esaminarlo.

«Oh, sì» disse, sbattendo le palpebre per stabilizzarsi. Si girò per guardarsi allo specchio. I proiettili erano saliti in superficie, pronti a uscire. Strinse una delle ferite e saltò fuori.

Ashley lo prese, rigirandola tra le dita con stupore. Ripeté l'azione con l'altra.

«I mutaforma guariscono in fretta.»

«Lo vedo» disse, lasciando cadere i proiettili sul bancone e riportando i palmi sul suo torso. Ovunque toccasse creava un fuoco sotto la sua pelle, il suo autocontrollo diminuiva ogni secondo che passava. «Non farlo» disse, coprendole le mani con le sue e allontanandole da sé. Questa volta, furono le sue mani a tremare.

«Perché no?» chiese lei, con voce roca.

«Sto perdendo il controllo» disse, prendendo la maglietta che Shayla le aveva dato e infilandogliela per la testa.

Lei infilò le braccia nei buchi e tirò giù la maglietta. Era troppo piccola, era attillata, metteva in mostra i suoi seni sodi e la pancia piatta, facendola sembrare una coniglietta di Playboy. Non poteva restare chiuso in bagno con lei un attimo di più. Si voltò e uscì, senza più preoccuparsi di cosa avrebbe potuto fare lì dentro. Sentì vagamente il rumore dell'acqua corrente mentre si allontanava, cercando di schiarirsi le idee.

Shayla aveva messo sul fuoco il bollitore, nonostante il rifiuto della sua offerta, e stava preparando il tè quando lui tornò in cucina. Raccontò a Shayla gli eventi della serata, sorvolando sul ruolo di Ashley nella trama.

«Hai chiamato Stanley?» chiese Shayla con voce tesa.

Lui espirò. «Sì. Mark Ruhl mi ha aiutato con la bomba e Stanley e alcuni ragazzi mi hanno incontrato al quartier generale, ma Stanley non era entusiasta del fatto che chiedessi favori.»

Shayla tracciò una linea sul tavolo. «Non ha mai voluto guidare il branco» disse senza alzare gli occhi.

Sentì un tono di rimprovero nella sua voce.

«Si è fatto avanti solo per impedire al branco di Boulder di prendere il sopravvento, e già il loro alfa Bruce sta braccando tutti i nostri membri che sono insoddisfatti della debole leadership.»

«Pensi che la mia leadership sarebbe stata meno debole?» sbottò, poi se ne pentì immediatamente. Non era colpa sua se non aveva avuto le palle di fare ciò che ci si aspettava che facesse. «Non preoccuparti, dimentica che te l'abbia chiesto.»

«Perché sei qui, Ben?»

Si strofinò gli occhi. «Ho un sospetto su chi può esserci dietro questo.»

Ashley apparve sulla porta, con gli occhi spalancati.

«Chi?» chiese Shayla.

«Beh, una persona sapeva del nuovo ruolo di Ashley e che avrebbe avuto l'opportunità di sostituire il mio portatile. E quella stessa persona sapeva quanto è importante ciò che è codificato sul portatile.»

«Jack.»

«Sì.» Ben era andato da Shayla perché, se si fosse trattato di Jack, avrebbe avuto bisogno di sapere quanto affetto provasse per l'uomo che era stato il migliore amico e socio in affari di suo marito.

Sembrò capire perché disse: «Fai quello che devi fare» con voce dura.

Lui alzò le sopracciglia. «Ne sei sicura?»

Annuì una volta, con decisione. «Se Leon si fosse fidato di lui, gli avrebbe lasciato la gestione della Stone. Dopotutto, Jack sapeva tutto quello che c'era da sapere e c'era sempre stato. Perché avrebbe dovuto scegliere te? Voglio dire, sì, hai una laurea in economia ad Harvard, ma non hai mai nemmeno lavorato per lui.»

E lui se ne stava lì a gironzolare come un festaiolo mentre Leon si era fatto un mazzo tanto per costruire un'azienda multimilionaria.

Non disse quella parte, ma ciononostante rimase sospesa tra loro, insieme a tutti gli altri suoi fallimenti nel soddisfare le aspettative del fratello. La teiera fischiò e Shayla e Ashley parlarono un po' di che tipo di tè preferisse mentre lui si crogiolava in un momento di odio per sé stesso.

«Mamma?»

Si voltò di scatto e vide la nipotina che si muoveva nel suo pigiama con i piedini. «Ellie» disse, saltando giù dalla sedia e prendendola in braccio. «Zio» esclamò, avvolgendogli le piccole braccia intorno al collo in una presa strangolante.

Lui finse di mangiarle il collo, emettendo suoni di masticazione.

Lei strillò di gioia. «Cosa ci fai qui?»

«Beh, sono venuto per assicurarmi che fossi a letto. Cosa ci fai fuori in piedi, signorina?»

Lei rise, senza prendere sul serio la sua finta severità per un minuto. «Mi hai svegliata» disse.

«Mi dispiace, *mi amor*. Facciamo una cosa: che ne dici se ti leggo una storia e ti rimetto a letto?»

«No» disse ostinatamente la bambina di quattro anni. «Voglio restare sveglia con te.»

«Beh, non resterò, *angelita*. Sono solo venuto per chiedere qualcosa alla tua mamma e ora me ne vado. Cosa ne dici, vuoi vedere quel libro?»

La bambina sembrava indecisa. «Hai portato la tua ragazza?» chiese, cambiando argomento e fissando Ashley. Avrebbe dovuto dirle che Ashley era la sua dipendente, non la sua ragazza. Ma l'idea di avere Ashley come sua vera compagna, di averla al suo fianco alle funzioni familiari, come Shayla era stata con Leon, lo colpì con un tale desiderio che volle fingere, anche se solo per un momento. «Questa è Ashley, *muñeca. Es muy bonita, verdad?*»

Ellie ridacchiò. «*Tío* ha una ragazza, *Tío* ha una ragazza!» cantilenò.

«*Ya, mi amor*. Ti porto a letto.»

«No» strillò, scalciando.

«La prendo io» interruppe Shayla, allungando la mano verso la nipote. «Probabilmente dovresti andare.»

«Mi dispiace» disse a Shayla mentre Ashley balzava in piedi.

«Va tutto bene» disse con una voce che in realtà significava che non era così. «Penso che dovresti parlare di nuovo con Stanley.»

Lui non rispose. Aveva già un mucchio di "doveri" che gli pendevano sulla testa.

Capitolo cinque

La casa di Zolla era buia e silenziosa. Ben bussò alla porta, ma nessuno rispose e i suoi sensi da lupo non rilevarono nessuno all'interno. Sospirò e chiamò il numero di telefono che Mark gli aveva dato per l'omega. Un omega era il grado più basso in un branco di lupi, di solito a causa delle dimensioni o di qualche altra debolezza.

Zolla rispose al telefono dicendo "Ben Stone", con una nota di sorpresa. Ovviamente aveva il numero di telefono di Ben registrato sul telefono, il che sarebbe sembrato strano, se non fosse che il lupo era il tipo di ragazzo che recuperava informazioni.

«Ehi, ci sei? Mi chiedevo se potessi incontrarti stasera.»

«Oh, sì? Non sono a casa in questo momento, sono a El Parador, il locale di salsa sulla Speer.»

«Ci vediamo lì tra venti minuti.» Riattaccò e accompagnò Ashley alla sua macchina.

«Ora dove stiamo andando?» chiese.

«A ballare la salsa.»

«Davvero?»

Non rispose. «Aspetta... davvero?» ripeté. «Dici sul serio?»

«Beh, andiamo in un locale di salsa.»

«Sai ballare la salsa? Be', certo che sì, sei del Sud America. Probabilmente sei nato ballando.»

«Più o meno» disse. In America Latina, ogni festa prevedeva il ballo, anche i ritrovi più semplici. Non aveva voluto dire che avrebbero ballato davvero, ma lei sembrava così sbalordita che si ritrovò a chiedere «E tu?»

«Ehm, non esattamente, ma mi piacerebbe molto imparare. Mi insegni?»

La pelle gli si rizzò al pensiero di tenerla stretta a sé sulla pista da ballo. Sarebbe stato troppo. Ma non riusciva a dirle di no: sembrava così carina mentre lo guardava con occhi imploranti. «Vedremo» disse.

Arrivarono all'El Parador ed entrarono. Ashley si tirò la maglietta troppo corta, con aria imbarazzata.

«Stai bene» disse. In effetti, sembrava una bomba sexy. Ancora con la sua gonna attillata da lavoro e i tacchi alti, la maglietta alleggeriva l'aspetto business dell'outfit, lasciando solo un brio puramente femminile.

Una band stava suonando sul palco e la gente era sulla pista da ballo. I tavoli erano sparsi lungo il perimetro e le coppie sedevano insieme, con le teste inclinate l'una verso l'altra. Non c'era traccia di Zolla.

Percorse di nuovo la sala, fermandosi di colpo quando si rese conto che l'omega stava suonando le conga nella band. Zolla sollevò il mento in segno di saluto. Ben scelse un tavolo e si sedette, ordinando loro da bere in spagnolo.

Quando la canzone finì, Zolla apparve al loro tavolo. Indossava una maglietta sbiadita con quella che sembrava una macchia di caffè sul davanti. Aveva bisogno di tagliare i capelli, che gli cadevano sugli occhi e gli si arricciavano sulle orecchie. Guardò dall'uno all'altra.

Ben gli fece cenno di sedersi.

«Okay, perché sei qui?»

«Ho bisogno del tuo aiuto» disse Ben.

«Non sono più nel tuo branco.»

«Non ho un branco. Qualcuno sta cercando di uccidermi e ha rapito la sorella di Ashley. Spero che tu possa rintracciare una chiamata e una targa.»

Gli occhi di Zolla si spostarono su Ashley, naturalmente abbassandosi sulla sua maglietta attillata.

Si irrigidì. «Non guardarla» disse, cercando di nascondere la minaccia che sentiva nella sua voce.

Gli occhi di Zolla si abbassarono immediatamente in segno di sottomissione. Tese la mano. «Dammi il telefono.»

Ben annuì ad Ashley, che lo tirò fuori dalla borsa e glielo porse.

Zolla iniziò a scorrere le schermate. Era un omega per via delle sue dimensioni. In forma umana, era alto al massimo un metro e ottanta, e nonostante il suo corpo fosse tutto muscoli asciutti, era magro. Come lupo, era grande quanto un cane, mentre la maggior parte dei mutaforma era alta almeno la metà in più di un lupo normale. Lavorava come programmatore di computer freelance ed era specializzato in sicurezza, il che lo rendeva un hacker eccellente. Aveva impostato il software di sicurezza interna alla Stone sotto la direzione di Leon.

Ben non conosceva bene Zolla, ma aveva un ricordo nitido di suo fratello che lo lodava di fronte a tutto il branco per aver rimosso i dispositivi di localizzazione da tutti i loro telefoni e aver fornito altro aiuto tecnologico al branco. Leon era stato bravo a sottolineare i successi individuali, mostrando il suo apprezzamento dove tutti potevano sentirlo e vederlo. Un peso gli affondò nello stomaco quando si rese conto di non aver fatto nulla di tutto ciò da quando aveva rilevato l'azienda di Leon. Non c'era da stupirsi che i manager avessero perso interesse nei successi. Era questo che Ashley aveva cercato di aiutarlo a fare, includendo le persone nelle riunioni? Dando loro il loro consenso e rafforzandole? Si passò le dita tra i capelli. Dio, era pessimo in tutto questo. Avere una personalità dominante non lo rendeva un leader decente. In effetti, era stato il peggiore. Era stato come suo padre: un dittatore. Be', almeno non aveva cercato di guidare il gruppo, altrimenti avrebbe fatto finire anche loro in rovina.

«Questo telefono è intercettabile e tracciabile» annunciò Zolla.

«Sì, l'ho pensato. Puoi ripulirlo?»

«Non se vuoi che rintracci le chiamate che arrivano.»

«Oh, giusto. Quindi puoi farlo? Tracciare le chiamate in arrivo?»

«Posso provare, sì. Non da qui, ma da casa» disse, senza alzare lo sguardo. «E dipende se hanno rimosso il loro software di localizzazione.»

Espirò. «Ottimo, grazie.» Annotando il numero di targa che aveva memorizzato dall'auto nel parcheggio, fece scivolare il foglio verso Zolla. «Questa è la targa.»

Zolla annuì. «Sarà facile da rintracciare.»

«Grazie.»

Zolla lo guardò con aria speculativa. «Allora cosa mi succede se è Bruce, il mio nuovo alfa, che sta cercando di ucciderti?»

Ben inarcò le sopracciglia. «Perché dovrebbe volermi morto?»

«Dai, Stone. Un lupo solitario che è anche materiale

alfa? Ogni capobranco in giro penserà che tu stia cercando di rubare il suo branco. Forse è Stanley, ci hai pensato?»

«Non è Stanley. E non sono interessato a rubare nessun branco.»

«Lo so, ma se Bruce pensasse che lo sei? E se stessi agendo contro di lui aiutandoti in questo momento? Mi coprirai le spalle?»

Ashley stava ascoltando attentamente. Gli occhi di Zolla si spostarono su di lei e Ben ringhiò.

L'omega abbassò di nuovo gli occhi. «Dovresti davvero marchiarla se sei così territoriale.»

«Considera quello che mi hai appena detto e dimmi che è una buona idea» disse.

Zolla sembrò pensieroso e poi annuì. «Capisco.»

Un lupo non metteva in pericolo la sua compagna e Ben era un bersaglio ambulante. Se avesse rimesso piede in Venezuela, non aveva dubbi che sarebbe stato marcato a morte da Sandoval, il capobranco e magnate della droga che aveva annientato il branco di suo padre. E qui negli Stati Uniti, qualcuno aveva già ordinato la sua morte. Che fossero umani o mutaforma non importava. Non aveva intenzione di coinvolgere Ashley più di quanto non lo fosse già.

«Beh, allora torniamo alla mia domanda iniziale» disse Zolla, lanciandogli uno sguardo di sfida quanto un lupo subordinato avrebbe osato.

Ben sbuffò. Non voleva essere responsabile di nessuno. Riusciva a malapena a gestire la sua vita incasinata, e ora aveva anche Ashley da proteggere e salvare dal male. Di sicuro non aveva bisogno di nessun altro sul suo conto. Ma che scelta aveva?

«Sì, ti proteggerò io.»

Zolla sorrise. «Un branco da due, allora.»

Alzò le sopracciglia. «Stai lasciando il tuo branco per seguirmi? Devi essere pazzo.»

«No. Ho sempre saputo che eri tu il mio capobranco. Aspettavo solo che tu cambiassi idea.»

Una strana sensazione percorse il corpo di Ben, un brivido di qualcosa: riconoscimento? Accettazione del suo destino? Non lo sapeva. Deglutì il nodo che si stava formando in gola. «Grazie» disse.

Zolla annuì. «Cercherò i dati del telefono e terrò d'occhio le chiamate future. Volete stare a casa mia stasera?»

Guardò Ashley. Non le avrebbe mai permesso di passare la notte vicino a un altro lupo. «No, vado a cercare un motel qui vicino. Grazie per l'aiuto. Hai il mio numero di cellulare, vero?»

«Sì. Dovresti restare un po', stiamo per suonare un'altra sessione.»

«No» disse, e poi esitò quando si rese conto che Ashley gli stava lanciando occhiate da cucciolo. Scrollò le spalle. «Potremmo fermarci per un ballo o due» disse, chiedendosi cosa gli fosse preso. Zolla sorrise, senza perdere nessuna sfumatura. «Divertitevi.» Ashley sorrise a Zolla mentre se ne andava e Ben dovette trattenere il ringhio territoriale che aveva in gola.

* * *

Le viscere le si sciolsero come burro caldo solo al pensiero di ballare con Ben. In qualche modo non aveva mai immaginato l'uomo di pietra come un ballerino, ma non lo aveva mai immaginato nemmeno come un lupo mannaro gigante.

Il signor Macho aveva ordinato da bere e tapas al cameriere in spagnolo senza chiederle cosa volesse, ma a lei non importava: le piaceva il suono delle *r* che gli uscivano dalla lingua, la cadenza sexy della sua voce in una lingua a lei estranea. E la sangria e i piattini di cibo che il cameriere aveva portato erano deliziosi.

«Mi insegnerai a ballare?»

Piegò le labbra in quel debole barlume di ironia che lei aveva imparato ad apprezzare. Si alzò. «Sì.»

Si alzò anche lei, e lui le prese la mano, gli occhi le sfiorarono il seno, che sembrava enorme nella maglietta troppo stretta. Abbassò lo sguardo e si rese conto che i suoi capezzoli eretti spuntavano dal reggiseno e dalla maglietta. *Fantastico.* Arrossì, poi perse il fiato per il modo in cui i suoi occhi la divoravano mentre la conduceva sulla pista da ballo. Prima che potesse pensare a qualcosa da dire, la fece girare verso di lui, tenendo alte le loro mani giunte e appoggiando l'altra mano sul retro delle sue costole. Il suo tocco era leggero, ma controllava il suo corpo, spingendola avanti e indietro in una serie di passi che lei non conosceva. Abbassò lo sguardo, cercando di guardargli i piedi per capire cosa fare.

«Non farlo. Seguimi e basta.» La fece roteare fuori, la fermò, la riportò dentro. La allontanò da lui e la avvicinò a sé, poi la tirò a sé e mosse i fianchi contro il suo corpo. «Non hai bisogno di sapere niente. Abbandonati a me.»

Le ginocchia quasi le cedettero. Felicemente. Amava essere mossa nello spazio dalla sua guida sicura. Abbandonò il desiderio di fare le cose per bene e si fidò della sua capacità di guidarla. Era troppo veloce perché lei potesse pensare, anche se ci aveva provato.

Sembrava ancora più dannatamente bello sulla pista da ballo. Aveva un atteggiamento rilassato, la parte superiore del corpo sembrava a suo agio mentre i piedi si muovevano rapidamente sotto di lui. Persino il viso, solitamente definito da linee così rigide, si rilassò, con quel pizzico di divertimento nel suo sguardo. Le sue mutandine erano bagnate di eccitazione e per qualche ragione, ebbe la sensazione che lui lo sapesse. Ballarono per tre canzoni, finché lei non si sentì stordita dall'euforia. Poi lui abbassò la testa verso il suo orecchio, rendendo ogni nervo del suo corpo allerta di possibilità. «Dovremmo andare» disse, soffiando il respiro caldo nel suo orecchio.

Il senso di colpa le trafisse la coscienza. Non avrebbe dovuto divertirsi mentre la vita di Melissa era in pericolo. Annuì e lui la condusse al loro tavolo, dove lasciò cadere diverse banconote da venti.

«Torno subito» disse. Cominciò ad allontanarsi, poi si voltò. «Non puoi ballare con nessun altro» disse.

Lei sollevò le sopracciglia, segretamente compiaciuta della sua possessività, ma non volendo mostrarlo. «E se lo facessi?»

Sporgendosi in avanti in modo che nessuno potesse sentire, disse: «Userò di nuovo la mia cintura su quel bel culo.»

La sua pancia si ribaltò e gli occhi si posarono sul suo viso, cercando di capire se facesse sul serio. Le sue labbra avevano una leggera angolazione verso l'alto, una specie di sorrisetto, il che probabilmente significava che faceva sul serio ma che le sarebbe piaciuto.

Perché questo la eccitava così tanto? In realtà non avrebbe dovuto. C'era sicuramente qualcosa che non andava in lei. Invece di farla sentire debole o intimidita, il suo dominio e la sua possessività la eccitavano. Si godeva la sua attenzione. Se solo fosse riuscita a capire come sollevare l'oscurità che lo tormentava e rompere il suo aspetto di pietra.

Si diresse verso il palco e disse qualcosa al lupo che

aveva promesso di aiutarla a rintracciare le sue chiamate. Quando tornò, le prese la mano, come se fosse il suo fidanzato, non il suo capo, e la condusse fuori alla macchina. Solo che non le aprì la portiera.

Invece, la spinse contro la carrozzeria della macchina, premendo il cazzo contro la sua schiena, afferrandole i capelli nel pugno. E poi, non fece... niente. Sembrava congelato nell'indecisione.

«Nonnina... che cazzo grosso... che hai» disse, sperando di incoraggiarlo.

Per un lungo momento non disse nulla, i suoi muscoli duri e tesi come l'acciaio, premuti contro il suo corpo, il suo respiro un sussurro sul suo collo. «Per fotterti meglio» gracchiò dopo un'eternità. La fece girare e iniziò a strapparle via la maglietta.

Lei tenne le braccia contro i fianchi per impedirglielo. Lo voleva, ma non in pubblico, contro la macchina. «Ben» protestò, divincolandosi contro di lui. Lo shock nel suo tono sembrò fargli cambiare il colore degli occhi da oro a verde. La lasciò andare e si ritrasse di scatto, lasciando spazio tra i loro corpi. Imprecando piano, si passò le dita tra i capelli. «Mi dispiace» borbottò. Camminò verso il suo lato della macchina, e lei sentì la perdita della sua vicinanza in ogni cellula del corpo.

Capitolo sei

Per la seconda volta quella sera, Ben registrò entrambi in un motel economico e comprò spazzolini e dentifricio alla reception.

Dopo le ultime ventiquattro ore di ansia e paura, avrebbe dovuto desiderare solo di infilarsi nel letto e crollare, ma era l'ultima cosa a cui pensava. Voleva Ben. Il suo corpo era in fiamme e lui avrebbe potuto distrarla dalla sua preoccupazione per Melissa. Sapeva che la desiderava. Aveva visto la fame nei suoi occhi, aveva sentito il tremore nelle sue mani quando lo aveva toccato.

Sto perdendo il controllo, aveva detto.

Voleva essere lei l'oggetto di quella perdita di controllo. Voleva annegare in quegli intensi occhi verdi, vedere il lampo di giallo quando il suo lato animale usciva. Voleva che la tenesse ferma e che tirasse fuori con lei il suo modo selvaggio, qualunque cosa fosse.

Si lavò i denti in bagno e si tolse la gonna, sperando di fare una bella figura con la maglietta attillata e le mutandine. Si spazzolò i capelli e si mise il lucidalabbra e uscì dal bagno con intenzione. Ben era seduto sul bordo del letto e rimase senza parole quando la vide, ma come al solito, non mostrò alcuna emozione sul viso. La fissò mentre camminava verso di lui e gli si infilava tra le gambe, mettendo la figa coperta dalle mutandine proprio davanti a lui.

Non la toccò. «Vai a letto, Ashley» disse, con voce stanca.

La determinazione la rese coraggiosa. «Vaffanculo» azzardò.

In meno di un secondo si ritrovò inchiodata al letto da una mano solida sulla nuca, con le mutandine abbassate. Ben non si era nemmeno mosso dal suo posto, si era semplicemente girato su sé stesso per tenerla prigioniera.

«Penso che tu voglia altre sculacciate» disse.

«Sì» ansimò.

Lo sentì trattenere il respiro. Non si mosse. Non allentò la presa sulla nuca, ma non la sculacciò nemmeno.

Rimase perfettamente immobile.

Poi il suo palmo cadde sul culo, veloce e furioso. Cercò di restare immobile, perché l'aveva chiesto lei, ma durò solo pochi istanti prima che il dolore si facesse sentire. Poi si dimenò e si agitò, si contorse e si contrasse per schivare i colpi punitivi.

Si morse le labbra per non gridare. Non voleva che lui si fermasse. Voleva tutto, tutto quello che aveva da dare. Il sedere le si scaldò sotto la sua mano, il dolore iniziale si attenuò dopo una ventina di sculacciate, trasformandosi in un delizioso bruciore mentre lui continuava. Faceva male, ma era anche piacevole. Desiderava ardentemente ogni schiaffo pungente che le cadeva sul culo nudo. Si offrì a lui, abbandonandosi al suo dominio. Un calore pulsante le crebbe nel sesso, alimentando la spirale del bisogno dentro di lei.

All'improvviso, lui si fermò e la lasciò andare.

Aspettò con trepidante attesa, aprendo le gambe in un chiaro invito.

«Vai a letto» ripeté.

Fu come se le avessero gettato acqua fredda in faccia. Per un momento, non riuscì a respirare, l'umiliazione di essere stata sculacciata e mandata a letto era troppa. Ma il desiderio la rese audace. Scese giù dal letto e gli si arrampicò sopra, a cavalcioni sulla sua vita spingendogli i seni in faccia.

Il suo viso si contorse, come se provasse dolore. «Non farlo» sbuffò. Eppure, una delle sue mani le stava già schiacciando il seno, l'altra le stava impastando il culo. La sua presa era livida, esigente, quasi dolorosa. Lei premette il corpo contro il suo, desiderando di più. La sua bocca calda atterrò sul capezzolo indurito, mordendole il reggiseno. Entrambi i capezzoli si tesero, formicolando per il suo tocco. La figa si contrasse in spasmi impazienti. Lui cambiò presa, le strinse un braccio intorno alla vita e con la mano libera le prese la figa, strofinandole il tassello di seta delle mutandine.

Sussultò per lo shock del contatto con la sua zona più sensibile, ma lui la tenne ferma, le dita penetrarono per scivolare bruscamente lungo la sua fessura piangente.

«Ben» gemette.

Le infilò due dita dentro e allo stesso tempo le sollevò la maglietta e gliela strappò di dosso con una mano. Mentre le dita si contorcevano e spingevano dentro di lei, le tirò giù un lato del reggiseno. Le sue labbra caddero sul capezzolo, i denti lo sfiorarono, la lingua schioccò mentre le tirava giù il reggiseno fino alla vita.

Le dita armeggiarono con la chiusura e lei lo gettò a terra.

Le infilò di nuovo le dita dentro, colpendo il punto G e

facendole perdere ogni forza alle gambe. Se non l'avesse tenuta su, sarebbe crollata a terra. Ma lui non rallentò; continuò a scoparla con le dita finché non la fece ballare sulle sue gambe, la penetrazione le fece attivare dei fantastici movimenti ai fianchi. Il cazzo si gonfiò nei jeans sotto di lei, raggiungendo dimensioni impressionanti. Lei gli avvolse le braccia intorno al collo, aggrappandosi a lui per avere stabilità mentre lui la faceva contorcere con un bisogno travolgente. Proprio quando stava per venire, lui ritirò le dita, ancora bagnate dai suoi succhi, e ne premette uno contro il suo ano.

Sussultò, cercando di nasconderglielo. Lui la tenne stretta, spingendo insistentemente mentre l'altra mano usciva da davanti. Le infilò due dita (oh, Dio, erano tre?) dentro la figa, mentre un dito le penetrava il buco posteriore.

Gli morse la maglietta e urlò a denti stretti, restando immobile.

Nessuno le aveva mai toccato il buco posteriore prima. Se ti prendi gioco del toro, ti prendi anche le corna. Ashley sapeva che Ben Stone sarebbe stato intenso, ma non si aspettava che le cose sarebbero andate così... così velocemente.

Lui alternò la penetrazione, prima spingendo nella figa, poi nel culo, riempiendola, allargandola, mandandola oltre il limite. Rovesciò gli occhi indietro nella testa, miagolò e miagolò come una gatta in calore, completamente fuori controllo.

Le sensazioni la attraversarono a cascata: figa, clitoride e ano, tutti colpiti dalla stimolazione contemporaneamente. Si inarcò, spingendo il seno contro la sua bocca. Nel momento in cui lui le risucchiò il capezzolo in bocca con una forte trazione, lei si sciolse. Gettando la testa all'indietro, il suo corpo si ribaltò di sua spontanea volontà quando l'orgasmo cominciò a scuoterla. La stanza girò e la sua pelle bruciò, in fiamme in ogni punto in cui Ben Stone la toccava.

Prima che potesse riprendere fiato, la sua realtà si capovolse e si ritrovò sul letto, con Ben che toglieva le dita. Il suo viso non mostrava nulla del rilassamento che lei aveva sperimentato, le sopracciglia erano aggrottate dal dolore. Si sporse e le baciò l'apice delle labbra inferiori con riverenza prima di staccarsi e andare in bagno.

Giaceva lì, fissando il soffitto, il cuore le andava ancora al galoppo mentre si godeva la beatitudine. Pensò che Ben sarebbe tornato, forse con un preservativo, ma sentì il rumore della doccia che si apriva.

Togliendosi le mutandine, che ora erano aggrovigliate intorno alle sue caviglie, andò lentamente in bagno e aprì la porta.

La tenda della doccia era aperta e Ben era appoggiato alla parete piastrellata della cabina, con gli occhi chiusi, il pugno chiuso attorno al cazzo più grande che avesse mai visto. I muscoli del suo petto scolpito e del braccio si increspavano mentre pompava la sua virilità con un'urgenza che la fece girare la testa. Lei guardò per un momento, paralizzata da quella visione. Ma poi la confusione le annebbiò il cervello esausto. Non la voleva? Perché era lì dentro a prendersi cura dei suoi bisogni senza di lei? L'insicurezza si insinuò e lei fece per uscire dal bagno, pronta a fingere di non averlo mai visto, quando lui aprì gli occhi e i loro sguardi si intrecciarono. I suoi occhi brillavano di ambra, le ciglia scure bordavano l'oro e le facevano risaltare. Vide l'angoscia sul suo viso.

Prese fiato e fece un passo avanti. «Posso unirmi a te?»

* * *

«Fuori» sbottò lui a denti stretti.

Lei sussultò, ma non si mosse. «Vorrei aiutarti con quello» disse, posò li occhi sul suo cazzo dolorante. I capezzoli sporgevano in punte ghiaiose, la sua figura nuda era quasi troppo bella da accettare.

Lui trattenne il gemito di desiderio che gli salì in gola. La sua vista era affilata come un rasoio, i denti si allungavano. Fece diversi respiri per riprendere il controllo. «Fuori» gracchiò. «Stai giocando col fuoco.»

«Forse mi piace il fuoco» disse dolcemente, facendo un altro passo avanti.

«Ashley» sbottò, «non sai cosa ti farei.»

«Cosa mi faresti?» Il suo sguardo era dolce, immerso nel desiderio. Morbide onde di ricchi capelli castani cadevano intorno al suo viso arrossato, e gli occhi azzurri erano quasi tutti pupille. Gesù, quello sguardo... la pelle gli formicolava, piena di aghi e spilli, il bisogno di marchiarla lo stava sopraffacendo. Immaginava di reclamarla, di prenderla bruscamente da dietro mentre affondava i denti in lei...

Si strinse il cazzo, strizzandolo forte mentre pompava il pugno su e giù. Gesù Cristo. Non era mai stato così fuori controllo prima d'ora. Il suo orgasmo arrivò come un siluro, tremando attraverso di lui. Sputò il suo carico sulle piastrelle, sentendo lo sperma caldo sulla mano e sulla coscia dove schizzava.

Ashley lo fissò, con gli occhi azzurri enormi. Si passò la lingua sul labbro inferiore, mandandolo in un secondo orgasmo accecante. Quando passò, si appoggiò alla parete della doccia, le ginocchia deboli. «Fuori!» abbaiò.

Lei si bloccò, sembrava incerta.

«Vai» disse, ansimando per riprendere fiato.

Il suo viso si arrossò e lui sapeva di averle fatto male, ma non poteva farci niente. Non aveva idea di cosa sarebbe successo se avesse lasciato andare il suo sé animale con lei. Sarebbe stata marchiata in pochi secondi, forse sarebbe morta dissanguata e, se fosse sopravvissuta, si sarebbe accoppiata a un lupo perdente con una minaccia di morte che incombeva sulla sua testa. Il che significava che non sarebbe mai più stata al sicuro.

«Mi dispiace» borbottò mentre si girava e scivolava fuori dalla porta senza voltarsi indietro.

Lui chiuse gli occhi per la frustrazione. Era un tale idiota. Colpì la parete della doccia accanto a lui, rompendo le piastrelle. Il dolore alleviò un po' il bisogno che pulsava dentro di lui. L'orgasmo gli aveva portato solo un leggero sollievo. La pressione di reclamare la femmina inebriante nella stanza accanto pulsava ancora sotto la superficie. Sarebbe stata una lunga notte.

Chiuse l'acqua e si asciugò, rimettendosi boxer e jeans. Aveva bisogno di una barriera spessa il più possibile tra il suo cazzo e Ashley. Quando emerse, trovò le luci spente e Ashley rannicchiata sul letto in posizione fetale. Dal suo respiro sentiva che non dormiva, ma aveva gli occhi chiusi come se stesse fingendo di farlo. Il senso di colpa lo travolse. Come avrebbe potuto spiegarsi?

Non poteva.

Prese un cuscino dal letto e si sistemò sulla poltrona vicino alla finestra. Avrebbe dormito lì, il più lontano possibile dalla sua bellissima umana nel suo letto. No, non era il suo letto. E lei non era la sua femmina.

«Puoi condividere il letto con me» disse. Sembrava ferita.

«No, non credo di poterlo fare» disse lui.

Si sedette, scrutandolo nell'oscurità. Sapeva che i suoi occhi umani non riuscivano a distinguere molto, ma vide ogni lineamento del suo viso tirato. «Ti prego?» chiese con un filo di voce.

Se le sue viscere fossero state uno strofinaccio, lei le aveva semplicemente attorcigliate e strizzate. Come poteva negarle qualcosa? Sollevò la sua lunga figura dalla sedia e strisciò sul letto.

Facendola rotolare per farle voltare la faccia dall'altra parte, si sistemò sulla schiena, avvolgendole un braccio intorno alla vita. «Sono proprio qui» le mormorò all'orecchio. Lei sospirò soddisfatta e intrecciò le dita alle sue, tirandogli la mano al petto. Lui desiderò che il suo cervello smettesse di pensare al calore del suo corpo o a come sembrava giusto il modo in cui si adattava a lui. Sorprendentemente, nonostante la sua vicinanza, si rilassò e il sonno lo sopraffece molto prima di quanto se lo aspettasse.

Capitolo sette

Sognò che Ashley era china su di lui, sussurrandogli qualcosa di seducente all'orecchio. Lei gli sbottonò i jeans, la sua mano scivolò nell'apertura e afferrò il suo membro.

Lui gemette forte e il suono della sua voce lo svegliò di soprassalto. Sbatté le palpebre, ancora in preda alla foschia del sogno. La luce filtrava attraverso le tende della stanza del motel.

Il suo cazzo era duro e... oh, Dio.

Ashley lo aveva in mano, e gli accarezzava la lunghezza.

Si sdraiò su un fianco e lei premette contro la sua schiena, la sua figura morbida modellata contro la sua solida. Gemette di nuovo. «Cosa stai facendo?» gracchiò.

«Noi umani lo chiamiamo *pompino*» lo prese in giro, la cadenza della sua voce come un incantesimo inebriante sussurrato nel suo orecchio. «Ma sono disposta ad alzare la posta in gioco.» Gli strisciò sopra, sfilandogli i jeans.

Si ritrovò incapace di scrollarsela di dosso, o anche di chiederle di fermarsi. Era così sbagliato, ma lui lo voleva, voleva tutto ciò che lei era disposta a dargli.

Tornò al suo cazzo, stringendolo con una mano mentre abbassava le labbra. Lui rabbrividì prima ancora che lei incontrasse la sua pelle, che sentiva l'anticipazione del suo calore umido. Allungò la mano e si tenne alla testiera per non toccarla, chiuse gli occhi per non vederla. I suoi fianchi sobbalzarono dal letto nel momento in cui entrò in contatto con la sua bocca.

«Oh, caaa—» frenò l'imprecazione, non volendo essere volgare. Lei meritava di meglio. Meritava un maschio molto migliore di lui.

Chiuse le labbra intorno alla cappella, roteando la lingua intorno al bordo.

Piegò le dita dei piedi involontariamente, allungò le gambe, contrasse i glutei mentre la sua virilità si ergeva ancora più alta, crescendo per lei.

Lo afferrò con due mani, facendole scorrere su e giù mentre portava la cappella dentro e fuori dalla bocca, facendogli sentire come se avesse preso tutta la lunghezza in bocca. Lo sfiorò con i denti più di una volta, la sua mascella era troppo piccola per quella larghezza, ma a lui non importava. Voleva che continuasse per sempre. E voleva che finisse immediatamente. Aveva bisogno di reclamarla. No. Scosse la testa, respingendo la bestia.

Ashley proseguì con la sua meticolosa tortura, ronzando contro la sua pelle, leccando, succhiando. Le nocche gli diventarono bianche contro la testiera, i muscoli si tesero.

Lo sperma gli scorreva lungo l'asta. «Oh, Dio» disse con voce strozzata. «Sto venendo.»

Ashley non staccò la bocca dal suo cazzo, accettando la

sua offerta con grazia femminile, deglutendo con un sorriso soddisfatto.

La girò sulla schiena e si avventò su di lei, coprendole il corpo con il suo. Il cazzo, ancora duro nonostante il rilascio, trovò la sua entrata scivolosa e si ritrovò a spingere per entrare prima che il suo cervello si rimettesse in moto.

Lasciala stare.

Sbatté le palpebre, dondolando i fianchi in modo che la cappella le penetrasse effettivamente il buco. Oh, alleluia. Niente sembrava più dolce dell'apertura delle sue labbra interne.

No.

Raccolse tutta la sua forza di volontà e si staccò da lei. Datti una calmata, Stone. Strisciando giù, le tirò le mutandine di lato e la leccò dentro. Lei allargò le cosce, sollevando le ginocchia per fargli spazio. Inarcò i fianchi, il ventre piatto le tremò al movimento della sua lingua. Aveva una figa ben rifinita: piccola e bellissima.

Si fermò, i suoi pensieri corsero improvvisamente in una direzione che lo fece ingelosire.

«Per chi tieni rifinita questa figa?» chiese, non riuscendo a sembrare disinvolto.

«Per te» disse lei con voce roca, muovendo i fianchi per averne di più.

Lui aggrottò la fronte. «No, davvero. Per chi?»

Si appoggiò sugli avambracci, la fronte aggrottata per l'interruzione, o forse perché non aveva il diritto di chiedere. «Per me stessa. Mi piace così, okay?»

Si rilassò e le toccò il clitoride con il polpastrello del pollice, vibrando delicatamente.

Lei si ritrasse, gemendo qualcosa di incomprensibile.

Lui le bloccò i fianchi, le aprì le labbra interne e ne tracciò l'apertura rugiadosa. Lei emise un grido con la bocca chiusa quando lui le scivolò dentro, un grido bisognoso che fece infuriare il suo cazzo per essere così lontano da lei.

Usando il palmo della mano per strofinarle il nodulo sensibile, scivolò dentro e fuori con il pollice, tenendola ancora ferma mentre lei si dimenava sotto le sue cure. Cambiò dita, infilandone due dentro e facendo schioccare la lingua sul clitoride.

Lei gli tirò i capelli, strinse le ginocchia intorno alle sue orecchie ed emise un grido gutturale.

La sua reattività lo fece quasi andare fuori di testa: era così bella con i capelli sparsi sul cuscino, il corpo agile che ondeggiava e si inarcava nelle sue mani. Le fece roteare lentamente il clitoride con la lingua, poi lo succhiò. Infilò tre dita nella figa bagnata, poi fece un cono con le dita e il pollice e lo spinse dentro e fuori, allargandola per accettarlo. Lei impazzì, gli occhi le rotearono all'indietro, le unghie gli affondarono nelle spalle mentre veniva, strofinandogli il clitoride sul viso. Lui continuò a penetrarle la figa stretta finché il palpitare dei suoi muscoli intorno alle dita non si fermò e lei crollò di nuovo sul letto.

Doveva già essere mutato in parte, pronto a marchiarla, perché si rese conto che la sua vista era cambiata. Si tirò indietro dal letto, tornò alla doccia dove aprì l'acqua fredda. Togliendosi i vestiti, si infilò dentro e immerse la faccia e il cazzo nel getto gelido.

Accidenti. Il pompino non aveva ridotto le sue palle blu nemmeno di un po'. L'acqua gli scorreva sul corpo caldo, raffreddandogli la pelle ma non il bruciore interno. Il cazzo si sgonfiò a malapena. Quando ebbe finito, aprì la tenda della doccia e superò Ashley, che stava entrando in bagno, arrossendo.

Era uno stronzo. Non sapeva nemmeno come essere gentile con una donna, soprattutto non con una che voleva scopare in sei modi diversi senza sosta. Sentì la doccia avviarsi e ignorò l'idea impaziente del suo cazzo di tornare di corsa a raggiungerla.

Il suono del telefono che squillava lo strappò dalla sua foschia lussuriosa. Si tuffò verso la sua borsa e lo tirò fuori, poi corse in bagno. Chiuse l'acqua nella doccia e le diede il telefono.

Lei lo afferrò, con gli occhi spalancati e spaventati. «P-pronto?»

Sentì chiaramente la voce elettronica, il suo udito era molto più sensibile di quello di un umano. «A mezzanotte, parcheggio del terminal degli autobus Greyhound in centro.»

«O—»

Cadde la linea prima che lei potesse finire di parlare. Non sapeva come funzionasse per Zolla, ma se aveva bisogno che la chiamata continuasse per un certo lasso di tempo, avevano fallito.

La mano gocciolante di Ashley tremava mentre gli restituiva il telefono, aveva il viso pallido.

Avrebbe voluto dirle che sarebbe andato tutto bene, ma non era sicuro di crederci, e non era mai stato uno che mentiva. Le fece solo un brusco cenno di assenso e chiuse la tenda della doccia.

* * *

Ashley mangiucchiò il suo cibo. Persino il toast sembrava troppo pesante per il suo stomaco nervoso. L'amico di Ben, Zolla, non era riuscito a individuare il luogo della chiamata, quindi non avevano fatto passi avanti nel recupero di Melissa rispetto alla sera prima. Ben sedeva in silenzio, il piatto già pulito, osservandola con il suo sguardo cupo. Se non lo avesse conosciuto, avrebbe pensato che fosse arrabbiato con lei, ma ormai era abituata ai suoi sguardi corrucciati e alle sue occhiate cupe. Qualunque cosa gli passasse per la testa, qualunque fossero i suoi pensieri misteriosi, era abbastanza certa di piacergli. Il che non significava che si sentisse più certa o più sicura di sé con lui.

Non sapeva perché non avesse fatto sesso con lei, o perché sembrasse quasi scontento del pompino che gli aveva fatto, ma aveva notato che nonostante l'orgasmo, la sua bandiera era ancora a tutta altezza. Forse il sesso era diverso per i mutaforma.

«Pensi che stia bene?» chiese.

Lui strinse le labbra. «Non so cosa pensare. So che è una buona cosa che sembrino ancora volere il mio portatile. Immagino che dovremmo capire perché.»

Sollevò il palmo della mano in segno di saluto e lei si voltò per vedere il suo amico Zolla camminare attraverso il locale verso di loro. Scivolò per fargli spazio al loro tavolo e Ben scosse immediatamente la testa.

Zolla sembrò capire. Le tese il palmo in un gesto da gentiluomo. «Sono sicuro che preferisci sederti con Ben» disse.

Il suo sguardo passò da un lupo all'altro, poi scrollò le spalle e si scostò dal suo fianco, scivolando accanto a Ben.

«Quindi stavi dicendo che dobbiamo capire perché vogliono il tuo portatile» disse Zolla.

«Come hai potuto sentirlo dall'altra parte del ristorante?» chiese, pensando che dovesse leggere le labbra o qualcosa del genere.

Zolla sorrise. «Orecchie da lupo. Per sentirti meglio.»

Rise e Ben la guardò di traverso, come se non dovesse

ridere delle battute di un altro uomo. Arrivò una cameriera e Zolla ordinò un caffè.

«Allora, cosa c'è nel portatile?»

Ben scrollò le spalle. «È il mio punto di accesso a tutto, ma non ci conservo niente di importante. Potrebbero essere alla ricerca di tutte le mie password? Un hacker potrebbe ottenere quelle informazioni dal mio computer?»

Zolla annuì. «Sì. Ho impostato la sicurezza iniziale per il sistema di tuo fratello. L'ho fatto in modo che non fosse hackerabile dall'esterno. Se le cose sono ancora le stesse, allora sì, il tuo portatile, e solo il tuo portatile, fornirebbe loro ciò di cui hanno bisogno per entrare.» Sembrava cupo. «Nemmeno Jack aveva accesso universale, anche se me l'ha chiesto più di una volta.»

«Lo ha chiesto anche a me» borbottò Ben.

Zolla gli lanciò un'occhiata seria e Ben inclinò la testa di un paio di centimetri. «È possibile» disse Ben.

«Che dietro a tutto questo ci sia Jack?» chiese, cercando di cogliere la conversazione non detta.

Ben annuì una volta.

«Cosa hai scoperto dalla targa?»

«È intestata a un certo Dan Walker. Tipico delinquente: diversi reati minori, un'accusa per furto d'auto. Probabilmente non è la mente dietro a tutto questo, ma un sicario pagato.» Zolla fece scivolare un pezzo di carta sul tavolo. «Ecco il suo indirizzo, anche se dubito che lo troverai lì.»

«E non abbiamo nessuna informazione sulla chiamata di stamattina?» chiese Ashley, anche se conosceva già la risposta.

Scosse la testa. «Le informazioni sulla posizione sono state rimosse dal telefono di tua sorella e la chiamata è stata troppo breve per fare un classico tracciamento» disse, con aria comprensiva. «Mi dispiace.»

«Grazie. Apprezzo molto il tuo aiuto.» Ben sembrava irritarsi accanto a lei, come se non gli piacesse che lei gli parlasse.

Zolla distolse lo sguardo e chiese: «Hai parlato con Stanley?»

Ben serrò la mascella. «Sì. Era piuttosto arrabbiato perché gli avevo chiesto un favore quando tecnicamente non ero un membro del loro branco. Non credo di poter contare sul loro aiuto per l'incontro.»

Zolla non disse nulla per un lungo momento, si limitò a battere la forchetta contro il cucchiaio. Poi emise un sospiro. «Sai che vuole che tu guidi il branco, vero?»

Un muscolo sussultò sul viso di Ben. «Non succederà.»

Zolla scrollò le spalle. «Beh, Stanley sta perdendo lupi a destra e a manca. Ha perso me. Non è abbastanza forte per guidare. Nessuno vuole seguire un beta. So che deve sembrare strano detto da me.»

Ben non rispose.

«Beh, ho un lavoro a contratto alla Edgewater, quindi sarò fuori tutto il giorno, a meno che tu non voglia che resti qui.»

Ben scosse la testa.

«Voi due volete passare del tempo a casa mia oggi?»

«Forse» disse Ben. «Sarebbe un posto improbabile in cui cercarci, uno dove nessuno penserebbe di guardare.»

«Beh, se decidi di farlo, ecco l'indirizzo e il codice per entrare.»

«Grazie. Penso che ci andremo.»

«Ok, allora ci vediamo lì un'ora prima dell'incontro.»

«Bene. Vedrò se verrà anche Mark Ruhl. Grazie.»

* * *

Ben le aprì la portiera della macchina, ma invece di entrare, lei si voltò verso di lui. «Cosa c'è di strano se guardo Zolla?» chiese.

Lui evitò il suo sguardo, guardando oltre il tettuccio della macchina verso le Flatiron Mountains, che sporgevano maestose sullo sfondo. Il suo corpo fremeva dal desiderio di muoversi e correre verso quella natura selvaggia, per liberarsi di tutta quella tensione repressa che gli faceva perdere il controllo.

«Ti stai comportando come un pazzo» disse.

Sapeva che aveva ragione. Il suo comportamento era esagerato, persino per gli standard dei lupi. Spostò gli occhi per guardarla. «Lo so» ammise. «Mi dispiace. Sembra che non riesca a trattenermi quando sono con te.»

«Beh, puoi rilassarti, perché sono interessata solo a te» disse, appoggiandogli un palmo sul petto.

Il suo tocco lo bruciò come un ferro infuocato, facendolo sussultare per la scossa elettrica che passò tra loro. Ma per quanto la adorasse, per quanto la desiderasse, non poteva averla. E fingere il contrario, quando lei stava palesando i suoi sentimenti, sarebbe stato crudele.

«Ashley... non posso.» Si guardò intorno come se le parole giuste fossero state scritte su un cartello lì vicino. «Non posso farlo con te.»

Lei si irrigidì. «Perché no?» chiese, con voce tesa.

Si passò le dita tra i capelli. «Non posso proprio. Mi dispiace. Non è possibile. Non avrei dovuto» deglutì, «fare quello che ho fatto ieri sera, o stamattina. So di essere uno stronzo. Non te lo meriti.»

Il suo viso si trasformò in pietra e scrollò le spalle come se non importasse, salendo in macchina. Lui esitò, con la mano sulla maniglia della portiera. Ma cos'altro c'era da dire? Spiegare la questione della marchiatura l'avrebbe solo terrorizzata. Inoltre, anche se la marchiatura non fosse stata un problema, non poteva avere a che fare con lei. Non poteva lasciare che un'altra persona a cui teneva morisse sotto il suo controllo. Chiuse la portiera e si diresse verso il lato del guidatore.

Viaggiarono in silenzio per venti minuti prima che lei dicesse: «C'è un'altra donna?»

«No» sbottò, non volendo sembrare così duro.

Lei sussultò e si voltò a guardare fuori dal finestrino.

Lui aspettò la domanda successiva, ma non arrivò mai. Arrivarono fino a casa di Zolla senza dire un'altra parola. Entrò nel vialetto e usò il codice che gli aveva dato per aprire la porta del garage. Quando tornò alla macchina per parcheggiarla, Ashley si era arrampicata sul sedile del guidatore.

«Ci vediamo dopo» borbottò, cercando di chiudere la portiera che lui aveva lasciato spalancata.

Lui infilò la mano in mezzo e riuscì a rallentarla un po' prima che gli sbattesse addosso.

Il viso di Ashley espresse orrore e lei spinse di nuovo la portiera per liberarlo. Ben ne approfittò per infilare tutto il corpo tra la portiera e la macchina, allungando una mano per tirarla fuori.

«Smettila» gridò lei, divincolandosi.

Temendo di lasciarle dei lividi sulle braccia, la fece girare e le avvolse un braccio intorno alla vita per sollevarla. «Dove pensavi di andare?»

«Non lo so, lontano da qui! Cosa ti importa? Ci sarò all'incontro.»

Il suo bisogno di proteggerla gli fece affilare i denti in bocca e un ringhio eruttò dalla gola.

Lei si bloccò, le spalle si curvarono leggermente, ma la sua voce uscì forte e coraggiosa. «Quindi sono ancora tua prigioniera, eh?»

«Sì» borbottò. «Sei ancora mia prigioniera.» La spinse sul cofano della macchina e iniziò a far piovere schiaffi sul suo culo che si dimenava, forti e veloci.

«Ben!» strillò, con il panico dell'umiliazione pubblica evidente nel tono della sua voce.

«Non pensare nemmeno di andare da nessuna parte senza di me» ringhiò. Continuò a sculacciarla, non perché pensasse che meritasse una punizione, ma solo per affermare il suo dominio. Non si aspettava di guadagnarsi la sua sottomissione, però. Diavolo, probabilmente stava sigillando per sempre la fine della loro relazione, che era ciò che avrebbe dovuto desiderare. Solo che... non c'era modo che potesse lasciarla andare.

«Okay, fermati!» Urlò, voltandosi a guardarlo da sopra la spalla. Il suo viso esprimeva un misto di emozioni: gli occhi scuri e vitrei, i denti scoperti, le sopracciglia abbassate per la rabbia.

«Non puoi andartene» ringhiò. «Non è sicuro.»

Lei non rispose, quindi le diede altri schiaffi forti.

«Ashley? Hai capito?»

«Sì, *signore*» disse, con un tono sarcastico che trasudava dalla sua voce. La girò e le mise una spalla nella piega dei fianchi per gettarsela sulla schiena, sollevandole inavvertitamente la gonna. Quando allungò la mano per abbassarla, le sfiorò le mutandine e le trovò bagnate. Anche quando era incazzata con lui, il suo corpo diceva di sì. Il cazzo gli venne duro come una roccia. Come poteva dubitare che fosse la sua compagna? La loro alchimia era alle stelle.

Lei gli diede una pacca sulla schiena con il palmo della mano. «Mettimi giù, gran pezzo di cretino. Ne ho abbastanza dei tuoi modi da Neanderthal. Ne ho abbastanza di te.»

«Sono sicuro che ne hai abbastanza» disse, portandola in garage e aprendo la porta di casa. «Purtroppo, non hai altra scelta che sopportarmi per un altro giorno.» La fece cadere sul divano. «Devo cercare il nastro adesivo?»

Lei balzò in piedi, con un'espressione selvaggia di sfida sul viso. «Sì!»

Nascose un sorriso sorpreso. *Sì?* Cosa significava? Pensieri malvagi si insinuarono nel suo cervello. «Okay» disse e la tirò su per farla alzare. Facendola girare, le bloccò i polsi dietro la schiena. Li usò per costringerla a finire sul divano, dove la spinse giù sul bracciolo imbottito.

«Hai bisogno di essere trattenuta, Ashley?» chiese, con voce bassa e roca.

Il suo respiro mutò in sussulti rumorosi.

Lui appoggiò il corpo sul suo, l'erezione premuta contro il suo morbido culo. «Ti piace essere mia prigioniera?» le mormorò all'orecchio.

Lei non rispose, ma spinse fianchi all'indietro, il calore della sua pelle bruciava contro il cazzo teso. Con un grande sforzo di volontà, lui spostò i fianchi in sicurezza lontano da quelli di lei. Non poteva reclamarla. Non avrebbe dovuto farlo, non dopo averle appena detto che non potevano avere una relazione. Ma l'inebriante profumo della sua fica bagnata aveva mandato al diavolo la ragione.

Tenendole i polsi bloccati con una mano, usò l'altra per sollevarle la gonna e abbassarle le mutandine. Le natiche erano arrossate per le sculacciate che le aveva appena dato, e ora le stringeva, come per scongiurare colpi ulteriori.

Lui si assicurò di aver capito bene. «Allarga le gambe, Ashley.»

I suoi piedi scivolarono divaricandole.

Il cazzo si sollevò contro la cerniera, dolorosamente duro.

Lui sollevò la mano tra le sue gambe, schiaffeggiandole la figa.

Strillò, cercando di sollevare il busto, ma lui non glielo permise. Notò che non chiudeva le gambe.

La schiaffeggiò di nuovo, il suo lubrificante naturale gli ricoprì le dita. Le sculacciò la piccola figa più e più volte finché non iniziò a piagnucolare e supplicare. Per favore... Ben... per favore.»

«Per favore cosa?»

«Io... per favore... fottimi.»

Non era preparato alla reazione del suo corpo a quella richiesta. La pelle si arrossò e si formicolò, i canini si allungarono, la vista cambiò.

Non. Marchiarla.

Si costrinse a inspirare più volte dal naso, lo sforzo di mantenere il controllo era schiacciante. Quando la vista si offuscò di nuovo, le fece allargare ancora di più i piedi. Usando il polpastrello del dito medio, le accarezzò la fessura rugiadosa, scivolando tra le labbra interne, raccogliendo l'umidità e trascinandola fino al suo clitoride.

Lei emise un gemito tremolante.

Schioccò il piccolo pulsante reattivo e le sue ginocchia cedettero, i piedi scivolarono in fuori. Il divano sostenne il suo peso e lui le premette i polsi bloccati verso il basso, tenendola ferma mentre continuava a torturare il suo organo più sensibile.

I gemiti si fecero più forti, un tono bisognoso e disperato prese il sopravvento.

Le fece scivolare due dita dentro.

Lei miagolò, inarcandosi contro la presa che aveva sui suoi polsi.

Ben spinse le dita dentro e fuori. Ci vollero solo pochi colpi prima che lei gridasse, i muscoli gli afferrarono le dita, stringendole in un ritmo pulsante.

«Ben» disse con voce strozzata e il suono del suo nome sulle sue labbra lo rese quasi selvaggio.

In qualche modo, riuscì a far uscire le dita senza balzarle addosso e renderla sua per sempre. Le diede un'altra pacca sulla figa mentre indietreggiava. Era ancora in procinto di mutare: tutto il suo corpo tremava nello sforzo di trattenersi. Aveva bisogno di mutare e correre, per liberarsi da questa frustrazione repressa.

«Promettimi che resterai qui» disse, con voce ancora roca.

Lei non disse nulla.

Le diede una pacca sul culo nudo e urlò. «Lo prometto!»

Le liberò i polsi e le tirò su le mutandine, poi la girò verso di lui e le pizzicò il capezzolo tra il pollice e l'indice, torcendolo mentre lei spalancava gli occhi. «Mi stai uccidendo» borbottò, anche se sapeva che era lui quello che stava uccidendola. Era stato il re dei segnali contrastanti, trascinando lei e il suo cuore - se le importava di lui, e lui sperava disperatamente che lo facesse- in una morsa.

* * *

Dopo averle pizzicato il capezzolo, Ben si diresse verso la camera da letto, togliendosi la maglietta. Era l'immagine del potere maschile, i muscoli magri del suo torso nudo che si muovevano. Aveva visto il rigonfiamento della sua erezione, eppure, ancora una volta, non l'aveva reclamata. Nonostante l'orgasmo di pochi istanti prima, il suo corpo pensava solo a stare sotto di lui, all'enorme cazzo che la penetrava, facendola urlare mentre la prendeva con violenza.

Non sapeva cosa pensare della loro posizione. Dopo essersi leccata le ferite in macchina, sapeva di non avere motivo di essere arrabbiata. Non le aveva mai fatto promesse. Era delusa e ferita, e non le piaceva sentirsi come se fosse stata scaricata, ma era ancora certa che Ben Stone provasse qualcosa per lei. Forse era solo attrazione fisica, forse era qualcosa di più.

Tutto ciò che sapeva era che la faceva sentire desiderabile e sexy. Le faceva provare altre cose che non aveva mai provato prima. Cose folli, del tipo permetterle di legarle i polsi al soffitto e frustarla di nuovo con la cintura se questo lo avesse eccitato. Perché a posteriori, di sicuro eccitava lei. Si strinse il sedere, sentendo il bruciore che ancora le rimaneva per le sue sculacciate. Adorava il suo dominio, trovava il suo potere inebriante. Il pensiero che la punisse di nuovo le fece bagnare le mutandine. Non lo capiva, ma sicuramente voleva di più.

Avrebbe dovuto insistere di più sul perché non poteva stare con lei. Aveva avuto paura della risposta che avrebbe potuto darle e aveva scelto di prenderla sul personale piuttosto che mantenere la calma e cercare semplicemente di capirlo. Ora la sua mente aveva evocato un milione di possibilità. Forse gli umani e i mutaforma non potevano letteralmente accoppiarsi. O forse era contro le loro regole stare con un umano.

Se non fosse che Zolla aveva detto qualcosa sul fatto che Ben potesse marchiarla, il che implicava che potevano avere amanti umani. Cosa significava marchiarla?

Sentì la porta della camera da letto sbattere e il più grande lupo nero che avesse mai visto trotterellò fuori. Inspirò e trattenne il respiro, la pelle le formicolava. Pur sapendo che era Ben, trovava comunque terrificante quella bestia. Era più alto della sua vita, con una folta pelliccia nera e delle mascelle enormi. Trotterellò verso il retro della casa, dove era stata installata una porta per cani. Prima di andarsene, si voltò a guardarla, come per avvertirla.

«Lo so, lo so. Io resto qui.»

Le fauci del lupo si aprirono, rivelando una fila di denti feroci, ma avrebbe potuto giurare che le stesse sorridendo. Le ricordò il primo giorno di lavoro per lui e ricambiò il sorriso, nonostante l'orgoglio. Il lupo si abbassò per infilarsi nella porta, che era troppo piccola per lui, e corse fuori.

Si rannicchiò sul divano e si seppellì nel libro che aveva trovato sullo scaffale di Zolla. All'inizio non pensava di riuscire a concentrarsi, ma la sua mente era così eccitata da una distrazione, qualsiasi distrazione dalla sua preoccupazione per Melissa e la sua situazione con Ben, che si ritrovò trasportata su un pianeta alieno.

Non riemerse per un paio d'ore, quando il suo stomaco iniziò a brontolare. Si diresse lentamente verso la porta d'ingresso e la aprì, guardandosi intorno in cerca di Ben. Il lupo era seduto sui gradini d'ingresso. Si voltò e le mostrò i denti.

Si bloccò, il suo corpo ebbe una reazione autonoma al pericolo rappresentato da un enorme lupo ringhiante. La ragione prese il sopravvento e si costrinse a uscire e a sedersi sul gradino accanto a lui.

Ben si alzò, infilandole il naso sotto la coscia, come per far stare in piedi anche lei. Quando non lo fece, vide di nuovo i denti. Morse il tessuto della sua gonna e tirò, emettendo un suono ringhiante. Rifiutandosi di farsi intimidire da lui, per quanto terrificante potesse essere, gli accarezzò la testa. «Okay, okay, torno dentro. Ma ho fame. Tu no?»

Lui appoggiò il corpo alle sue gambe, spingendola in avanti e attraverso la porta.

Rise. «Va bene, ho capito. Vuoi che veda se c'è del cibo qui?»

Il lupo guardò verso la cucina.

«Okay. Vediamo cosa tiene il tuo amico Zolla nelle sue credenze.»

Andò in cucina e aprì il frigorifero, che conteneva solo alcuni contenitori da asporto, birra e condimenti. Aprì gli armadietti. C'erano un sacco di prodotti non deperibili: scatolette di zuppa, fagioli, confezioni di maccheroni e formaggio. Tirò fuori un paio di scatolette di chili. «Probabilmente vuoi carne, vero?»

Cercò un apriscatole nel cassetto e, trovandone uno, aprì la scatola.

Si chiese se Ben sarebbe mutato di nuovo. In un certo senso, era più facile con lui in forma di lupo. Non si sarebbe offesa per la mancanza di conversazione. Ed era difficile arrabbiarsi con un lupo.

Versò il chili in due ciotole e lo riscaldò nel microonde. «In realtà sono una brava cuoca, non che tu possa capirlo da questo pasto. Forse un giorno mi lascerai cucinare per te. Perché né tu né Karen avete mangiato il mio banana bread? È stato decisamente maleducato.»

La bocca del lupo si aprì di nuovo e lei pensò che stesse ridendo di lei.

«Che c'è? È vero. Che succede tra te e Karen, comunque?»

Quando il lupo alzò gli occhi al cielo, lei ridacchiò. «No? Niente?»

Lui la aggirò e lei indietreggiò istintivamente, poi fece una risata nervosa. La cucina sembrava minuscola con il suo enorme corpo a quattro zampe che occupava spazio. «È difficile non essere intimiditi da te» disse. Costringendosi a vincere la paura, fece un passo avanti e gli tese la mano perché la annusasse.

Pensò che lui stesse ridendo di nuovo di lei. Affondò entrambe le mani nella sua pelliccia, strofinandogli le morbide orecchie e la folta pelliccia sulla collottola. «Sei davvero bellissimo.»

Lui rimase immobile, ma non riusciva a capire se gli piacesse o no. Forse essere accarezzato come un cane non era all'altezza di un lupo mannaro.

Il microonde emise un segnale acustico e lei tirò fuori le loro ciotole, appoggiando la sua sul pavimento ai suoi piedi. «Mi dispiace se non è così che mangi. Sono cose nuove per me.»

Sembrava a posto, perché pulì la sua ciotola in circa un minuto netto. Aveva fatto solo qualche boccone nel tempo che lui aveva impiegato a finire di mangiare. «Ne vuoi ancora?»

Sbuffò un po', cosa che lei interpretò come una risposta affermativa, così aprì un'altra lattina di chili e gliela scaldò. Fissò la sua enorme figura mentre mangiava. Era alto come un alano, il tipo di cane su cui fai battute sul cavalcarlo come un cavallo.

Se avessero avuto figli insieme, avrebbero potuto caval-carlo. Cavolo, da dove le era venuto questo pensiero? Non avrebbero avuto figli insieme. Non si frequentavano nemmeno. Si facevano l'un l'altra e basta.

* * *

Sebbene odiasse stare in casa quando era in forma di lupo, quel pomeriggio si trattenne con Ashley.

Era corso a casa di Ashley quando era uscito per la prima volta e aveva annusato in giro. C'era sicuramente stata della gente. Aveva memorizzato gli odori. Anche se fossero riusciti a riportare indietro sua sorella, non pensava che Ashley sarebbe stata al sicuro. Non finché non avessero scoperto chi c'era dietro tutto questo. Ma dove potevano andare lei e sua sorella? E chi avrebbe vegliato su di loro? Ci sarebbero volute settimane o addirittura mesi prima che questo complotto si sbrogliasse.

In realtà pensava che la casa di Zolla fosse sicura quanto qualsiasi altra, e si fidava del lupo.

Ashley lesse per un po', ma al calare del tramonto, divenne irrequieta, e iniziò a camminare avanti e indietro per la stanza.

«Pensi che abbiano mai avuto intenzione di riportare indietro Melissa?» gli chiese.

Lui pensò che fosse retorica, dato che non poteva parlare. Comunque, preferiva così.

Lei lo guardò, con un'espressione tirata che le irrigidiva il viso. «In un certo senso no. Non indossavano maschere o altro. Il che significa che o sono davvero stupidi e non gli importa se possiamo identificarli, oppure hanno pianificato di ucciderci entrambe.»

Era giunto alla stessa conclusione, motivo per cui non perdeva di vista Ashley.

Camminava avanti e indietro. «Probabilmente avrei dovuto chiamare la polizia quando ho ricevuto il primo messaggio.»

La fulminò con lo sguardo.

«No?» Abbassò le spalle. «Immagino di no. Non puoi permettere alla polizia di ficcare il naso nei tuoi affari, ma sto iniziando a pensare... Be', siamo un po' in inferiorità numerica. Anche se sei un lupo a cui non importano i fori dei proiettili. Voglio dire, Melissa e io non siamo a prova di proiettile.» Si scurì in volto. «Se Melissa è ancora viva.»

Lui trotterellò verso di lei e le appoggiò il muso contro la gamba in segno di protezione e conforto.

Gli strofinò la testa. Sprofondando sul divano, gli prese il muso tra le mani, strofinandogli le orecchie. «Ho paura, Ben» sussurrò, con le lacrime non versate che le luccicavano negli occhi. Le leccò la mano. Al diavolo tutto questo. Non avrebbe lasciato che si spaventasse sempre di più mentre si rintanavano lì per altre sei ore. Trotterellò verso la camera da letto, mutando mentre camminava. Quando si voltò per chiudere la porta, vide Ashley allungare il collo per guardarlo, dando un'occhiata alla sua figura nuda, e accidenti se non aveva ancora un'erezione furiosa per lei. Aprì la bocca quando i loro occhi si incrociarono, e lui le rivolse un mezzo sorriso, guardando mentre i suoi occhi si spalancavano e un rossore le si diffondeva sulle guance.

Chiuse la porta e si vestì. «Dai» disse, uscendo a passo svelto e prendendole la mano per tirarla giù dal divano.

«Dove stiamo andando?»

«Fuori» disse, tirandola verso il garage. «Sei stufa di essere rinchiusa qui, e lo sono anch'io.»

Le aprì la porta. Lei alzò lo sguardo sconcertata.

«C'è un locale che fa tacos in fondo alla strada che profuma di buono. Riesci a camminare con quelle scarpe?» Avrebbe voluto in qualche modo essere riuscito a procurarle un cambio di vestiti quel giorno. La povera ragazza indossava ancora la gonna da lavoro, i tacchi e la maglietta color malva di Shayla.

Si abbassò la gonna, come se potesse coprire di più le lunghe gambe nude. «Sì, sicuramente. Quanto è lontano?»

«Solo un isolato. Ti porto in braccio se ti stanchi.»

Si leccò le labbra, facendogli sussultare il cazzo nei pantaloni. Arrossendo, distolse lo sguardo. «Non sarà necessario» disse, con voce più roca del solito.

All'improvviso, si ritrovò a spingerla contro la casa, il corpo premuto contro le sue morbide curve. Le prese un lato del viso, sollevandolo come se volesse baciarla. Si fermò appena in tempo, congelandosi quando si rese conto dell'inappropriatezza delle sue azioni. Le aveva appena detto che non poteva avere una relazione con lei. Che diavolo stava facendo?

Le sfiorò la fronte con le labbra, poi la tempia, poi le sue labbra sontuose. «Ashley... sono un vero e proprio mucchio di guai. Guarda dove ti ha già portato lavorare per me...» Si fermò, desiderando fare marcia indietro. Non voleva che smettesse di lavorare per lui, non importava cosa sarebbe successo. Il pensiero di tornare alla Stone Technologies senza di lei lo faceva sentire morto. «Quello che sto cercando di dire è...» Be', che diavolo stava cercando di dire? Essere così vicino a lei, sentire il corpo di lei contro il suo, avere il suo profumo nelle narici rendeva difficile formulare qualsiasi pensiero. Lui le accarezzò la guancia con il pollice, un senso di desiderio e perdita che gli conferiva una tenerezza che di solito non trovava. «Ashley, è tutto complicato. E mi dispiace solo...»

Lei spinse il mento in avanti in un grazioso gesto di sfida. «Cosa c'è? Perché non puoi stare con me? Dimmelo e basta.»

«È troppo pericoloso. Tu sei umana e io... no.»

Lei sbatté rapidamente le palpebre, spingendolo via da sé e distogliendo lo sguardo.

«Mi dispiace» ripeté lui, facendosi indietro e allungando il braccio per permetterle di passargli accanto.

* * *

Camminarono insieme lungo la strada, fianco a fianco. Lei si sentiva stordita dal corpo solido premuto contro il suo, il modo aggressivo in cui la teneva stretta le mandava un'ondata di lussuria inebriante che le attraversava il corpo. Le sue emozioni erano in conflitto, alternando rabbia e accettazione. Credeva al fatto che Ben fosse dispiaciuto, ma non voleva le sue scuse, voleva lui.

«Ben?»

Come al solito non rispose, ma si voltò a guardare.

«Ti manca il Venezuela?» chiese.

Fu la cosa sbagliata da dire. La sua maschera piombò di nuovo al suo posto, le linee si indurirono. «No» disse, ma sembrava una bugia: intravide del dolore nella sua espressione. Si ricordò, tardivamente, che suo fratello e suo padre erano stati uccisi lì. Se aveva sentito bene, era stata una specie di morte grottesca, come quella di un animale selvatico... Oh. Un lupo, ovviamente.

«Cosa è successo lì?» chiese piano. Trattenne il respiro, non aspettandosi davvero una risposta.

Con sua sorpresa, lui parlò. «Il branco di mio padre era stato minacciato da un altro, un cartello della droga di muta-forma. Mio fratello era arrivato in aereo per aiutarlo a combattere, ma...» Deglutì e non continuò.

«Mi dispiace» disse. «E tua madre? È ancora viva?»

Scosse la testa. «No. È morta di cancro quando avevo dodici anni. Una malattia che non dovrebbe colpire i lupi» disse amareggiato.

Per una volta, non aveva niente da dire. Sapeva che non voleva la sua pietà. Allungò la mano e toccò la sua. Lui intrecciò immediatamente le dita con quelle di lei.

«Penso che...» disse, poi si schiarì la gola. «Penso che

semplicemente non volesse continuare a vivere con mio padre. Era uno stronzo di prima categoria, come me.»

Le si strinse il petto e le pizzicò il naso, sentì salire le lacrime per lui. «Quello non sei tu. Puoi anche interpretare quella parte, ma so che non è il vero te.»

Sollevò gli occhi, sembrava sbalordito. Incrociò il suo sguardo con calma, trasmettendo l'assoluta sicurezza della sua affermazione. Come se non potesse sopportarlo, Ben se lo scrollò letteralmente di dosso, come un cane che si scrolla di dosso l'acqua.

«Dico sul serio. Certo, a volte sei uno stronzo, ok, la maggior parte delle volte, ma sotto sotto sei dolce.»

«No» disse. «Non lo sono affatto. E sei l'unica persona al mondo che mi abbia mai descritto in quel modo.»

«Perché so la verità» disse, sollevando il mento e sfidandolo a contraddirla.

La sua espressione vacillò per un momento e sembrò incerto o perso. Poi fece lo stesso movimento tremante che aveva fatto qualche minuto prima. «No, non lo sai» disse amaramente.

«Di cosa hai bisogno per accettare qualsiasi cosa io ti offra? Devi sempre rifiutarla?» Stava per dire *rifiutarmi*, perché era quella la verità.

Lui non rispose. Erano arrivati al locale dei tacos e lui la condusse dentro, dando un'occhiata alla lavagna. «Sai già cosa vuoi?»

Era un autentico locale messicano, con il menu per lo più in spagnolo. Lei scrollò le spalle. «Sorprendimi.»

Ben ordinò in spagnolo e gli porsero un paio di birre Dos Equis con spicchi di lime. Gliene passò una e si sedettero a un tavolo.

«Cosa hai ordinato?»

«Un burrito di carne asada. Va bene?»

«Sì» disse con una risatina.

«Non sai cosa sia, vero?»

Sorrise timidamente. «Un tipo di burrito.»

«È una bistecca marinata. Penso che ti piacerà.» Era stupido, ma si sporse in avanti e disse: «Parlami in spagnolo.»

Alzò le sopracciglia.

Lei scrollò le spalle. «Mi piace come suona.»

«*Como qué?*»

«Continua.»

«*Si pudiera decirte la verdad, deciré que tu eres... mi todo mundo.*»

Le sue parole le risuonarono nelle orecchie come se fossero state pronunciate da Don Juan in persona. «Cosa hai detto?»

Esitò abbastanza a lungo perché lei si rendesse conto che per una volta aveva detto qualcosa di vero. Qualcosa che non poteva o non voleva dire in inglese. Cercò di ripercorrere le sillabe nella sua mente per decifrarne il significato, ma il suo spagnolo del liceo era carente. Era qualcosa sul dire la verità e poi, tu sei tutto il mio mondo? Si aggrappò a quel pensiero e lo mise nel suo cuore come un piccolo gioiello da tirare fuori e tenere alla luce la prossima volta che lui l'avesse rifiutata.

Capitolo otto

Incontrarono Mark e Zolla a casa di quest'ultimo. Ashley si diresse verso il bagno per cambiarsi. Lui osservò la forma del suo culo sotto la gonna rossa mentre lei si allontanava con passo disinvolto. Dio, quanto desiderava essere dentro di lei, sculacciare quelle belle natiche e scoparla da dietro. O forse, persino, prenderle il culo.

«Dovresti davvero marchiarla» disse Zolla.

Lui aggrottò la fronte. «Che te ne frega?»

A merito dell'omega, non si fece piccolo sotto lo sguardo socchiuso di Ben. «Ti calmerebbe. Saresti in grado di pensare lucidamente quando lei è nei paraggi.»

Arricciò il labbro con espressione incredula. Non aveva mai sentito una cosa del genere sull'accoppiamento con una femmina. Inoltre, era impossibile. «È umana.»

«Quindi, significa solo che devi stare attento. Puntare alla spalla invece che al collo. Evitare le arterie principali. Guarirà bene. Sembra abbastanza sana.» La sua visuale cambiò e un ringhio gli uscì dalla gola. Non gli piaceva che

Zolla parlasse del suo aspetto. Non gli piaceva affatto che parlasse di lei.

Zolla alzò le mani e sollevò il mento, scoprendo la gola per mostrare sottomissione. «Ehi, è di questo che sto parlando. Una volta che sarà marchiata non sarai così pazzo da farci sapere che è tua.»

«Vaffanculo» borbottò. Girandosi verso Mark, disse: «Hai portato il giubbotto per lei?»

«Sì» disse Mark, aprendo la cerniera di una borsa da viaggio. «Ho diversi giubbotti antiproiettile qui, così come armi da fuoco, nel caso tu voglia rimanere in forma umana.»

«No. È solo di Ashley che mi preoccupo.» Si rese conto che non poteva abbandonare l'argomento del marchiare Ashley, però. Rivolgendosi di nuovo a Zolla, disse: «Se fossi me, un lupo con più di un nemico che lo vuole morto, marchieresti una femmina?» Zolla inclinò la testa di lato. «Forse no, ma potresti riuscire a pensare meglio a come uscirne se non fossi così eccitato dai suoi feromoni.» Ashley tornò, la sua figura esile la faceva sembrare così vulnerabile, così umana. Il suo sangue si riversò dal bisogno di proteggerla. Ma in questo caso, proteggerla avrebbe significato tenerla lontana da lui. Le tenne un giubbotto aperto. «Ho bisogno che tu lo indossi per l'incontro» le disse.

«È antiproiettile?» chiese, guardando prima lui e poi Mark.

«Sì, signora» rispose Mark. «Ma la tua testa è ancora vulnerabile, quindi tienila bassa se sparano dei colpi.»

«Ecco come andrà» intervenne Ben. «Andrai lì in macchina e farai lo scambio. Ovviamente l'ultima volta ho interrotto tutto troppo presto e mi dispiace» disse.

Le sopracciglia di Ashley si alzarono per la sorpresa. Sapeva che non era da lui scusarsi per qualcosa.

«Non appena tua sorella verrà rilasciata, salirete in macchina e tornerete subito qui. Tenete d'occhio gli specchietti retrovisori per assicurarvi di non essere seguite.»

«Voi cosa farete?»

«Attaccheremo» disse, guardando i due uomini per assicurarsi che fossero a bordo. Entrambi annuirono in segno di assenso.

«Se qualcosa va storto e siamo costretti a uscire allo scoperto prima che lo scambio venga fatto, e spero di no» aggiunse alla sua espressione allarmata, «allora sali in macchina e vai via. Mi assicurerò io che tua sorella torni indietro e strapperò la gola a tutti i suoi rapitori.»

Deglutì.

«Hai capito?»

«Sì, signore» disse.

«Cosa succede se scoppia una rissa?» la interrogò.

«Salgo in macchina e torno qui.»

«Brava ragazza.»

* * *

Andarono in centro. Lui andò con Ashley, ordinandole di farlo scendere qualche isolato prima della stazione degli autobus. «Ricordi il piano?» chiese.

Il suo viso era pallido e tirato, ma annuì senza esitazione.

«Cosa devi fare?»

«Prendo Melissa e me ne vado il più velocemente possibile.»

«E se qualcosa va storto?»

«Salgo in macchina e me ne vado.»

«Non importa cosa succeda. Non restare a guardare.»

Scrisse un numero di telefono su un pezzo di carta e glielo porse. «Se qualcosa va davvero storto e non torniamo più all'appartamento, chiama Shayla. Raccontale cosa è successo e lei ti aiuterà. Capito?»

Ashley aveva sgranato gli occhi mentre le labbra avevano iniziato a tremarle.

Le prese il viso tra entrambe le mani, accarezzandole le labbra con il pollice. «No, no. Shh. Non succederà niente del genere. Ti sto solo dando un'assicurazione, tutto qui. Mi occuperò io di questo.»

«Okay» disse con voce rotta.

«Ecco la mia ragazza coraggiosa.» Si sporse in avanti, con l'intenzione di baciarle la fronte, ma il suo istinto di reclamarla prese il sopravvento. Le prese la bocca in un bacio violento, passando la lingua contro la fessura delle sue labbra finché lei non cedette. Le fece scivolare la mano dal viso alla nuca, tenendola prigioniera mentre le baciava e succhiava le labbra come se fossero la sua unica salvezza. Sembrava proprio che lo fossero. Quando finalmente si separarono, senza fiato, lei lo fissò con uno sguardo stordito. Le diede un ultimo bacio, poi un altro prima di costringersi a voltarsi.

«Lascerò i miei vestiti in macchina» disse, aprendo la portiera e alzandosi per togliersi i vestiti. Li lasciò cadere sul sedile, chiuse la portiera e mutò, ignorando le urla nel suo cervello che gli gridavano di non lasciarla andare verso il pericolo.

* * *

Il sudore freddo le inumidì la maglietta sotto il giubbotto antiproiettile mentre parcheggiava la macchina nel parcheggio della Greyhound. Tutto il corpo le tremava e le mani erano gelide sul volante. Parcheggiò in uno dei posti contrassegnati e afferrò il portatile, uscendo. Si guardò intorno. Il parcheggio era pieno di macchine, ma non vedeva alcun segno di movimento, né sentiva voci.

Si voltò verso la sua macchina e rimise le chiavi nell'accensione in modo vago, così sarebbe stata pronta a partire all'ultimo momento, se necessario. Lasciò anche la portiera leggermente socchiusa. Poi uscì verso il centro del parcheggio.

Il tempo scorreva, glacialmente lento. Dov'erano i lupi? Scrutò nell'ombra, guardando in basso in cerca di occhi luminosi, ma non vide nulla. Tuttavia, intuì che Ben era lì, da qualche parte. Camminò avanti e indietro per il parcheggio, ma non apparve nessuno.

Forse avrebbe dovuto aspettare in macchina.

Si voltò e tornò indietro.

Un'auto entrò nel parcheggio, i suoi fari la accecarono. Si coprì gli occhi e la guardò mentre la superava, fino all'edificio principale. Una donna scese dal lato passeggero e corse su per le scale, cercando di aprire la porta chiusa a chiave della stazione. Si voltò e trotterellò giù per le scale e salì in macchina, dicendo qualcosa all'autista. La macchina si girò e se ne andò.

Espirò. Non erano loro. Be', dove diavolo erano? Tirò fuori il telefono e guardò l'ora. Le dodici e un quarto. Sembrava che fosse già passata un'ora. Si costrinse a fare un respiro profondo contando fino a quattro, poi lo trattenne finché non pensò che i suoi polmoni sarebbero esplosi.

Quando espirò, il suo corpo si rilassò leggermente. Ci riprovò una seconda volta.

Tre paia di fari si accesero contemporaneamente. Belle auto, non come l'ultima volta nel parcheggio Stone. Due quattro per quattro nere e una Mercedes blu scuro. Non erano auto che si vedevano in una stazione degli autobus Greyhound. Il cuore le sobbalzò a ritmo irregolare nel petto. Girò su sé stessa, poi si costrinse a stare ferma e ad aspettare. Si fermarono in cerchio attorno a lei. Gli occhi le scivolarono verso il suo veicolo, ormai a una trentina di metri di distanza. Accidenti. Avrebbe dovuto semplicemente aspettare in macchina. Perché era così stupida?

Scrutò le auto, cercando di vedere se sua sorella potesse essere in una di quelle, ma con i fari che la accecavano, non riusciva a vedere nulla.

La portiera della quattro per quattro davanti a lei si aprì. «Metti giù il portatile e torna indietro», disse.

«Dov'è Melissa?» chiese, desiderando che la sua voce non suonasse così acuta e tremolante.

Sentì il rumore di una pistola che si armava mentre l'uomo allungava il braccio in avanti, puntandogliela contro. «Fallo subito.»

«Dov'è Melissa?» ripeté. «Non ti darò niente finché non vedo mia sorella.»

L'uomo sparò e il proiettile colpì vicino ai suoi piedi. Un urlo le uscì dalla gola e lei sobbalzò, quasi lasciando cadere il portatile, tutto il corpo le tremava così forte che aveva perso ogni tipo di coordinazione. Si chiese se il rumore degli spari avrebbe fatto arrivare i poliziotti.

Vide un'ombra muoversi tra le auto. Ben. Le diede coraggio. «Fammi vedere Melissa e ti consegnerò il portatile.»

L'uomo iniziò a camminare verso di lei con passo minaccioso. Diverse altre figure emersero dalle auto, tutte in avvicinamento. Un ringhio squarciò l'aria e un uomo urlò mentre Ben lo abbatteva.

«Ecco il suo cane! Sparagli» urlò il primo uomo, senza spostare la mira da lei e continuando ad avanzare deliberatamente.

Lei indietreggiò, ma lui le era addosso. Sparò dritto al petto, appena sopra il punto in cui teneva il portatile. Lei volò indietro e atterrò sulla schiena per la forza, un dolore lancinante al cuore le fece perdere il fiato. Il portatile le volò via dalle mani e scivolò sull'asfalto.

«Ehi, fai attenzione al portatile, idiota» urlò uno degli uomini al tiratore mentre lo raccoglieva.

Faceva fatica a respirare, le mancava il fiato. Colpita ma non ferita. Si ricordò che indossava il giubbotto e rotolò su un fianco, rabbrividendo per il dolore.

Un lupo grigio chiaro si inarcò sopra il suo corpo, volando verso il suo aggressore. Lo abbatté, lacerandogli la gola con un ringhio orribile. Era un lupo più piccolo, non minuto, ma delle dimensioni di un lupo normale. Colse il lampo di un enorme lupo marrone che si lanciava in aria vicino alla Mercedes e faceva cadere un uomo nonostante il proiettile che gli aveva conficcato dentro. Zolla e Mark.

Si alzò barcollando, il respiro ancora doloroso contro le costole. La pistola era caduta rumorosamente sull'asfalto e lei l'afferrò con le dita tremanti. Afferrando la maniglia, abbassò la testa e zoppicò verso la quattro per quattro, con il portatile sotto il braccio.

Doveva trovare Melissa.

Spalancò la portiera posteriore mentre il rumore degli spari e dei ringhi riempiva ancora l'aria. Il veicolo sembrava vuoto. Entrò per sbirciare nel bagagliaio. Nessuno.

Scese. Un acuto lamento animalesco le trafisse il cuore.

Con il cuore in gola, puntò la pistola verso il rumore. Ben stava lottando con un uomo mentre molti altri gli sparavano. Premette il grilletto.

Mancò il bersaglio, ma gli uomini si voltarono e le puntarono le pistole. Si accovacciò e corse verso la macchina successiva. Un guidatore era ancora seduto al volante, il che probabilmente significava che Melissa era lì dentro. Rimanendo piegata a metà, corse intorno alla macchina e balzò in piedi, puntandogli la canna della pistola attraverso il finestrino aperto, proprio alla tempia. «Dov'è?»

In modo inquietante, l'uomo non sembrò turbato dalla pistola che lei gli aveva puntato alla testa. «Non è qui» disse.

«Dov'è?» sibilò lei a denti stretti, picchiettando la pistola contro la sua testa.

Lui scosse la testa. «Non è qui.» Le rivolse un sorriso viscido. «Mi dispiace per te.»

Voleva sparargli. Pensò di premere il grilletto, ma la moralità prese il sopravvento. Non era pronta a togliere una vita, anche se avevano ucciso sua sorella.

Indietreggiò lentamente, tenendo la pistola puntata alla sua testa. L'aria era ancora increspata dalla confusione di urla e ringhi. Indietreggiò verso la terza auto, ma l'uomo a cui puntava l'arma tirò fuori una pistola e le sparò, e per fortuna la mancò.

Un lampo di pelliccia nera le volò sopra e Ben fu sull'uomo nel veicolo, strappandolo dal finestrino, mentre lui gli sparava almeno cinque colpi alla pancia nel frattempo.

«No» urlò, correndo verso di loro.

Il lupo grigio la colpì di striscio, spingendola verso la sua auto. Quando si diresse di nuovo verso Ben, lui le mostrò i denti, bloccandole la strada.

«Zolla?» chiese, spaventata da lui nonostante sapesse che era un amico.

Lui si lanciò in avanti, colpendole le gambe con la testa, spingendola ancora una volta verso la sua auto.

«Devo trovare Melissa» disse, e gli girò intorno dall'altra parte, verso la terza auto. Aprì la portiera e guardò dentro. Vuota. A meno che sua sorella non fosse nel bagagliaio, l'uomo aveva detto la verità: lei non era lì.

Un basso gemito di disperazione le salì in gola mentre le gambe la portavano, correndo, verso la sua auto. Cosa era successo a Melissa? Giaceva morta da qualche parte? Avevano pensato alla stessa sorte per lei?

Saltò in macchina e la mise in moto, facendo retromarcia con uno stridio di pneumatici. Le sirene risuonarono in lontananza e lei accese il motore, sfrecciando fuori dal parcheggio prima che arrivassero i poliziotti. Mentre si allontanava, il telefono squillò nella borsa. Tirandolo fuori con mani tremanti, guardò verso il nome che stava chiamando.

Melissa.

* * *

Quando le auto della polizia sbandarono dietro l'angolo ed entrarono nel parcheggio, lui e gli altri due lupi scomparvero protetti dall'ombra. Non aveva riconosciuto nessuno degli uomini, quindi non era più vicino a sapere chi c'era dietro quell'attacco, né avevano salvato Melissa. E accidenti se Ashley non si era quasi fatta uccidere, più volte. Non era riuscito a concentrarsi per la maggior parte del combattimento, perché era stato troppo preoccupato di proteggerla.

Lei aveva palesemente disobbedito alle sue istruzioni. Ne avrebbero discusso prima che tutto questo fosse finito.

Zolla e Mark lo seguirono, scivolando nell'oscurità finché non raggiunsero l'auto di Mark dove mutarono. Tutti e tre erano coperti di sangue, sia il loro che quello degli uomini. Si angosciò delle loro ferite e assicurarsi che stessero bene divenne la sua prima priorità, poiché avevano agito sotto il suo comando.

Zolla aprì la portiera della sua auto e distribuì i vestiti. Ben scosse la testa. «Tornerò correndo. Ho bisogno di aria fresca. Come state voi due?»

Mark abbassò lo sguardo sulle ferite da proiettile che gli sanguinavano sul torso. «Bene» disse con tono brusco.

«Tu?» chiese Ben a Zolla.

Il lupo più piccolo ansimava, indebolito dalle ferite. «Niente di grave» disse.

«Sei sicuro? Puoi guidare?»

«Guido io» disse Mark con decisione, il suo status superava quello di Zolla. Girandosi verso Ben, chiese: «Hai riconosciuto qualcuno?»

Ben scosse la testa. «Nemmeno uno. Qualche traccia della gemella di Ashley?»

«Non c'era nessuna femmina a parte Ashley» disse Zolla con decisione. «Ho annusato tutte e tre le auto. Non l'hanno portata con loro.»

Ben imprecò piano.

«Pensi che sia morta?» chiese Mark.

Incrociò lo sguardo di Mark, lo stomaco gli si stringeva per Ashley. «Sembra di sì» disse pesantemente. Come diavolo avrebbe potuto dirglielo? Una rabbia rovente lo inondò. «Li ucciderò tutti quanti» ringhiò.

Il modo in cui i due uomini lo guardarono gli fece capire che gli avrebbero guardato le spalle. Sperimentò un'ondata di gratitudine per il loro aiuto che quasi lo soffocò. Non era abituato a fare affidamento sugli altri o a prendersi cura di chiunque tranne che di sé stesso. Piuttosto che un peso di responsabilità, l'onore della loro fedeltà lo colpì duramente. Aveva bisogno di loro e loro si erano donati liberamente, si fidavano della sua guida.

Afferrò ognuno di loro per la nuca, chinando la testa. «Grazie, fratelli» disse bruscamente. Incapace di dire altro, li lasciò andare e si schiarì la gola.

«Hanno preso il portatile?» chiese Zolla.

«Sì» disse. «Puoi proteggere i dati? Avrei dovuto portare un'esca invece.»

«No, questo ci fornirà le informazioni di cui avremo bisogno. Rintraccerò chi usa le tue password e scoprirò dove si trova. Se la ragazza è ancora viva, possiamo recuperarla. E se è Jack, lo saprai e potrai prendere le misure appropriate» disse Zolla.

«Bene, torniamo indietro così puoi iniziare a seguirli. Ci vediamo a casa tua. Ashley dovrebbe essere già lì.» Riprese la forma di lupo e iniziò a correre, assaporando la sensazione della corsa, l'aria nella sua pelliccia che raffreddava il calore dei suoi istinti omicidi.

Capitolo nove

Ashley svoltò all'angolo tra Platte e la quindicesima, l'indirizzo che le aveva dato sua sorella, e si fermò, scrutando nell'ombra. Vide un movimento e Melissa sbucò di corsa da dietro l'edificio, seguita da un giovane. Spalancò la portiera dell'auto e corse incontro alla sorella, le due si abbracciarono.

«Oh, mio Dio, Melissa. Grazie a Dio. Grazie a Dio stai bene. Oh, mio Dio» disse. Le lacrime calde le rigavano le guance mentre cullava la sorella, non volendo liberarla dall'abbraccio.

«Dai» disse Melissa «andiamo via da qui.»

«Stai bene?» chiese, facendo un passo indietro per guardarla. Melissa sembrava pallida e stanca; un livido giallo spiccava sullo zigomo e il suo labbro era tagliato e gonfio.

«Starò molto meglio quando arriveremo a casa tua.»

«Lui chi è?» chiese, rivolgendo la sua attenzione all'uomo. Melissa le afferrò la manica e la spinse verso la macchina, visibilmente nervosa. «Jeremy. Mi ha aiutata a scappare. Forza, andiamo.»

Si ammucchiarono in macchina e Ashley partì diretta verso Zolla. «Allora raccontami cosa è successo.»

Melissa prese fiato, poi chiuse gli occhi e appoggiò la testa all'indietro. «Ti racconterò tutto, ma puoi aspettare? Voglio solo andare in un posto dove poter respirare.»

Ashley si sporse e strinse la mano della sorella. «Non posso credere che tu sia scappata. Avevo così paura di non rivederti mai più» disse, con le lacrime che le riempivano di nuovo gli occhi.

Melissa ricambiò la stretta, voltandosi per guardarsi alle spalle, come se temesse di essere seguita. Jeremy, che era salito sul sedile posteriore, si sporse in avanti e mise una mano sulla spalla della sorella.

Ashley guidò il più velocemente possibile senza attirare l'attenzione sulla casa di Zolla, entrando con il codice della porta del garage che Ben le aveva dato. «Entrate, questo posto è sicuro. Ben dovrebbe tornare presto.» Parlava con sicurezza, ma un pizzico di paura le strinse lo stomaco mentre ricordava il suono degli animali che guaivano ogni volta che sparavano a uno dei mutaforma. Erano invincibili? O potevano essere uccisi se venivano colpiti abbastanza o nei punti giusti? No, non poteva pensarla in quel modo. Ben sarebbe arrivato.

Li condusse dentro e mostrò a Melissa il bagno dove avrebbe potuto pulirsi. Portò a sua sorella del ghiaccio per il livido. «Questo è per la tua faccia.»

Sua sorella si toccò la guancia gonfia. «Non credo che servirà a niente a questo punto. Questo è di venerdì.»

Ashley si sollevò la maglietta per ispezionare il punto in cui il proiettile aveva colpito il giubbotto. Era già apparso un enorme livido, la superficie era gonfia e sensibile al tatto.

Melissa lo fissò con gli occhi spalancati. «Come te lo sei fatto?»

«Un proiettile. Ma indossavo un giubbotto antipro-iettile.»

«Grazie a Dio» sussurrò Melissa.

Gettò le braccia al collo della sorella e si strinse a lei per un momento. «Mel... pensavo che fossi morta.»

Melissa la abbracciò forte. «Lo so» disse con voce strozzata. «È stato orribile. Grazie a Dio c'era Jeremy o avrei potuto esserlo.»

Diede un bacio sulla guancia alla sorella e la lasciò a finire di pulirsi. Jeremy era in piedi nel soggiorno, a disagio.

«Grazie per aver salvato mia sorella» disse.

I suoi occhi vagarono qua e là per la stanza e lei pensò che sembrasse colpevole.

Melissa riapparve.

«Avete fame? Non c'è molto qui, ma posso prepararvi qualcosa.»

«Sì, sono affamata.»

Si diresse in cucina con Melissa e Jeremy che la seguivano. «Allora, parla» disse, prendendo un paio di scatolette di carne di pollo, un barattolo di maionese e un mix di spezie cajun. «Penso che ci sia un barattolo di sottaceti in frigo» disse, guardando Jeremy.

Aprì lo sportello del frigorifero e lo tirò fuori.

«Ho incontrato questi due ragazzi giovedì sera al lavoro» disse Melissa, lanciando un'occhiata a Jeremy, che Ashley pensò sembrare di nuovo colpevole. Melissa lavorava come direttrice di un bar/nightclub alla moda a Colorado Springs. «Mi hanno invitata a un after-party quando abbiamo chiuso, così ci sono andata.»

Ashley ascoltava mentre apriva le due scatolette di carne e le metteva in una ciotola, mescolando la maionese.

«Così abbiamo fatto festa per un po' e poi...»

«Aspetta» interruppe Ashley. «Lui era uno di loro?»

chiese, guardando Jeremy. «Sì. Quindi la festa in casa finisce e Jeff, l'altro tizio, mi invita a casa sua, con entrambi» disse arrossendo.

Anche Ashley arrossì, sapendo che la cosa dei due uomini era la fantasia principale di sua sorella. Abbassò la testa per nasconderlo e tirò fuori dei sottaceti dal barattolo che Jeremy le aveva dato. Prese un coltello e iniziò a tagliarli.

«Ma lui ci ha portato in questo magazzino sporco, e c'era un gruppo di tizi armati.»

«Aspetta un attimo» disse Ashley, girandosi di scatto e puntando la punta del coltello verso Jeremy. «Hai rapito mia sorella?» Fece un passo avanti minacciosa, lanciandogli un'occhiata fulminante.

Lui tese i palmi delle mani. «Non sapevo cosa stesse succedendo. Jeff è un amico, nemmeno un amico così intimo. Non so perché mi abbia portato con sé.»

«Probabilmente perché sei più bravo con le donne» borbottò Melissa ironicamente.

Un suono provenne dal soggiorno e Ben apparve in forma di lupo. Le sue labbra si arricciarono in un ringhio feroce quando vide Jeremy. Melissa urlò e Jeremy si bloccò, mostrando il bianco degli occhi.

Ben ringhiò, avanzando lentamente verso Jeremy.

Jeremy indietreggiò finché non colpì il bancone, messo alle strette dall'enorme lupo.

«È un cane?» sussurrò Melissa.

Esitò. Voleva dire tutto a Melissa, ma non davanti a Jeremy. «Ehm, sì, è il cane del mio amico Zolla. Non credo che gli piaccia Jeremy. Calma, ragazzo» disse a Ben, che non mostrò alcun segno di arretrare. «Ha aiutato Melissa a scappare, anche se penso che l'abbia anche rapita, quindi forse dovresti morderlo» disse.

«Cosa? Gesù!» disse Jeremy, pallido in viso. «Portalo via da me.»

«Vieni, Wolfie» disse, camminando verso la porta della cucina e dandosi una pacca sulla coscia. Dubitava che Ben avrebbe obbedito, ma non sapeva cos'altro fare. «Vieni, ragazzo. Il tuo padrone è qui?» chiese in modo significativo. Ben indietreggiò verso di lei, tenendo d'occhio Jeremy, con i denti ancora scoperti.

Lei gli tirò la pelle morbida sulla nuca per allontanarlo.

«Stai attenta» ansimò Melissa.

«Va tutto bene» disse, tirando con tutto il suo peso. «Non mi farà male.» Anche se ci credeva, quando l'enorme animale si voltò di colpo, lei balzò indietro per scansarlo. Lui lanciò un'occhiata minacciosa alle sue spalle prima di dirigersi verso la camera da letto di Zolla.

Nello stesso momento, sentì un'auto entrare nel vialetto.

Seguì Ben, osservandolo mentre si trasformava con grazia in forma umana, il suo corpo nudo crivellato di ferite da proiettile che sanguinavano solo leggermente, il cazzo sporgente a tutta lunghezza.

«Ben» gridò, l'emozione la inondò. Corse e si gettò su di lui.

Lui sembrò sorpreso, ma la avvolse tra le braccia e le premette le labbra sui capelli. «Stai bene?» chiese.

Lei annuì contro il suo petto. «E tu?»

«Sì.» Si allontanò per guardarla, tenendole la nuca, guardandola dall'alto con un'intensità che la costrinse a cambiare posizione. «Ashley, mi hai disobbedito.»

La parola *disobbedito*, unita al bruciore del suo sguardo scuro, le fece volare le farfalle nello stomaco. Il tumulto emotivo dell'intero incontro tornò a inondarla. La pressione si accrebbe dietro il suo viso, sentiva crescere le lacrime.

Nessuna parola le giunse alle labbra. «Ne parleremo più tardi» disse lui in tono significativo.

Deglutì. Voleva dire una sculacciata? La figa si contrasse mentre la paura le fece sudare le mani.

«Dove hai trovato tua sorella?»

Si riprese. «Mi ha chiamata mentre me ne andavo dalla stazione degli autobus. Ha detto che Jeremy l'ha aiutata a scappare. Non ho ancora sentito tutta la storia.»

«Va bene, cominciamo subito» disse lui, voltandosi e tirandosi i jeans sopra l'erezione ancora enorme.

«Succede sempre quando muti?» chiese lei, guardandogli il cazzo.

«No» borbottò. «Solo quando sei nei paraggi.»

Si morse il labbro per nascondere il sorriso.

Ben indossò una maglietta mentre il rumore della porta d'ingresso che si apriva li raggiungeva. «Dai» disse, riportandola in cucina dove trovò Zolla che puntava una pistola contro Jeremy. A quanto pareva, aveva gli stessi istinti di Ben.

Le mani di Jeremy si alzarono in aria. «Whoa, calmati, amico. Siamo con Ashley.»

Zolla inclinò la canna in direzione di Melissa. «*Lei*, è con Ashley. Tu chi sei?»

«Sei Ben Stone?» squittì Melissa.

«No, sono io» disse Ben, spingendosi da dietro Zolla per mettersi di fronte a Jeremy. «Tu chi sei?»

* * *

Il volto della sorella di Ashley si contrasse e lei iniziò a piangere e lui si pentì della sua mancanza di finezza. Il delinquente di nome Jeremy la prese, tirandola contro il suo fianco e Ben si rilassò leggermente. I due avevano chiaramente creato un legame autentico, qualunque cosa fosse accaduta tra loro.

«Va bene, Melissa» disse. «Perché non vieni in soggiorno, ti siedi e ci racconti la tua storia?»

«Porto dentro il cibo» disse Ashley, spingendosi attraverso la porta affollata verso dove stava preparando una specie di cibo sul bancone.

«Sì, va bene» disse Melissa.

Il gruppo entrò in soggiorno e Melissa raccontò la storia di quando Jeremy e il suo amico l'avevano presa e consegnata ad altri delinquenti. Sembrava che Jeremy non sapesse cosa stesse succedendo e quando se ne era reso conto e aveva cercato di tirarla fuori, era diventato un prigioniero tanto quanto lei. Avevano trascorso tre notti in un vecchio fienile tra Denver e Colorado Springs. Secondo Jeremy, il suo amico aveva ricevuto l'ordine di ucciderlo quel pomeriggio, ma lo aveva liberato, e lui era tornato indietro per salvare Melissa prima che la portassero a Denver per l'incontro. I due avevano fatto l'autostop fino alla città.

Lui e Zolla li interrogarono per più di un'ora finché Ashley non gli toccò la spalla. «Ben, per favore. Penso che ti abbiano detto tutto quello che sanno. Sono sicura che Melissa gradirebbe una doccia calda e un letto comodo in questo momento.»

«Possono restare qui» propose Zolla, «se pensi che vada bene» disse, annuendo verso Jeremy.

Ben lanciò un'occhiata torva a Jeremy, ma alla fine sollevò le spalle. «Alla fine ha fatto la cosa giusta, credo.»

«Il divano ha un letto estraibile, e voi due potete prendere il mio letto» disse Zolla, guardando Ben. «Io posso dormire sul pavimento.»

Sapeva che Ashley probabilmente voleva stare con sua

sorella, ma dopo la paura di perderla quella notte, aveva solo bisogno di tenerla stretta. «Ashley e io prenderemo un motel qui vicino. Melissa e Jeremy possono stare qui sul divano letto, solo finché non avremo chiarito il resto di questa faccenda e saremo certi che Ashley e Melissa potranno tornare a casa loro.» Ashley si alzò senza protestare. Zolla scrollò le spalle. «Certo. La mia casa è vostra finché ne avrete bisogno.» «Grazie» disse. Non capiva perché il lupo sembrasse così incline ad aiutarlo, ma non era nella posizione di discutere. Aveva bisogno di tutto l'aiuto possibile.

* * *

Ben si sedette sul bordo del letto del motel, appoggiando gli avambracci sulle ginocchia e la testa tra le mani. Si era tolto la cintura e l'aveva appoggiata accanto a sé, ma non era sicuro di riuscire a punire Ashley. Dopotutto, era umana. Non faceva parte della sua cultura risolvere le cose in modo fisico. Tuttavia, se doveva essere la sua compagna...

Ma non poteva esserlo, no?

E anche se sembrava apprezzare un po' di dominio da parte sua, non significava che avrebbe sopportato una sessione completa di sculacciate. Diavolo, non sapeva nemmeno se avrebbe sopportato di dargliene una: il pensiero di farle male gli faceva rivoltare lo stomaco. Come facevano i lupi maschi a disciplinare le loro compagne? Non era forse il loro ruolo proteggerla?

Ma era esattamente per questo motivo, perché la sua disobbedienza rendeva più difficile proteggerla, e aveva bisogno di essere sicuro che imparasse la lezione.

Uscì dal bagno e si fermò, guardandolo. «A cosa stai pensando?»

Lui sospirò. «Io e te abbiamo delle questioni in sospeso da discutere.»

Lei fece un respiro lento, ovviamente se lo aspettava. Rimase lì dov'era, guardandolo con cautela.

«Ti avevo detto espressamente di andare dritta alla macchina e di andartene. Mi hai obbedito?»

«Io...» Si fermò, come se si rendesse conto che scuse o difese erano inutili. «No, *signore*» disse dolcemente.

L'uso della parola signore gli diede la sicurezza di andare avanti: accettava la sua autorità. «Dato che eri in pericolo, non riuscivo a pensare ad altro che a proteggerti. Ho perso la partita e alcuni di loro se la sono cavata con il portatile.»

Trattenne il respiro. «Mi dispiace.» Posò gli occhi sulla cintura sul letto accanto a lui. «Hai intenzione di usarla su di me?»

«Non ho ancora deciso. Cosa pensi che dovrei fare, Ashley?» Voleva la sua obbedienza.

Lei sollevò le spalle sottili. «Sei tu il capo» sussurrò.

Pensò che quello fosse il massimo consenso che avrebbe ottenuto. Non gli avrebbe chiesto di sculacciarla. Era lui l'alfa; era suo dovere prendere il comando. «Togliti i vestiti» disse, mettendo un tono autoritario nella sua voce.

Arrossì, ma iniziò a spogliarsi quasi immediatamente, slacciando la gonna stropicciata e lasciandola cadere in un mucchietto ai suoi piedi. Si sfilò la maglietta dalla testa, poi aprì la chiusura posteriore del reggiseno, liberando i seni. Erano perfettamente modellati, rotondi e sollevati, pallidi con capezzoli color pesca, che sporgevano in punte desiderose. Un livido rabbioso spiccava sullo sterno, dove un proiettile aveva colpito il suo giubbotto. Si irrigidì vedendolo, il suo corpo pronto a muoversi e combattere per proteggerla. Ma il segno sottolineava la necessità di quella discussione.

I jeans divennero troppo stretti nella zona del cavallo. Mantenne il viso impassibile. «Anche le mutandine» disse, schiarendosi la voce. Infilò i pollici nel bordo e le abbassò sulle cosce, chinandosi per toglierli.

Quando si raddrizzò, completamente nuda, lui soffocò un ringhio.

Lei fece scivolare le mani su e giù per le cosce, e poi, come se si fosse resa conto all'improvviso di quello che stava facendo, scosse le mani, ma non prima che lui cogliesse il tremito delle sue dita.

«Vieni qui» disse.

Fece qualche passo verso di lui, ma si fermò, fuori dalla sua portata. Lui sentì l'odore metallico della paura, mescolato al profumo inebriante della sua eccitazione.

«Ashley» disse con una nota ferrea di avvertimento. «Vieni qui.»

Deglutì ma non si mosse, passò gli occhi si di nuovo sulla cintura sul letto.

«So che hai paura. Ti fidi che ti punisca?»

Incrociò il suo sguardo, gli occhi azzurri cercarono i suoi. Sapeva che non aveva motivo di fidarsi di lui, ma trattenne il respiro in attesa della sua risposta.

Si leccò le labbra e annuì, accorciando la distanza tra loro.

Il calore della sua fiducia si diffuse nel suo corpo. Aprendo le ginocchia, le afferrò i fianchi e la tirò perché si mettesse in mezzo. Dischiuse le labbra, sollevò e abbassò lo sterno.

Il conflitto che sentiva dentro gli lacerava il petto. *Era sua, doveva proteggerla.* E se avesse pianto? Sarebbe riuscito ad andare avanti? Ne dubitava. Strinse i denti. Meglio affrontare la situazione direttamente e farla finita. Le tirò il viso su un ginocchio e le strinse l'altra gamba sulla sua per impedirle di scalciare. Sollevando il palmo, lo fece scendere su una natica, poi sull'altra. All'inizio ansimò, ma per il resto non emise alcun verso o protesta. La sculacciò con forza sufficiente a lasciare impronte di mani sulla sua pelle morbida. Lei offrì la sua sottomissione con la stessa facilità con cui si era data completamente a lui, mettendosi nelle sue mani con una fiducia che non meritava.

Continuò con la punizione, schiaffeggiandole le natiche finché non diventarono rosee.

Aveva iniziato a dimenarsi e a emettere piccoli lamenti a ogni forte schiaffo, ma non aveva ancora opposto alcuna resistenza. Mentre lui colpiva, il fondoschiena rimbalzava, le natiche si appiattivano e rimbalzavano indietro. La figa luccicava tra le gambe, rugiadosa di umidità. Voleva smettere di sculacciare e passare il pollice sulla fessura lucida. Voleva darle piacere con le dita e la lingua.

Ma no. Prima la punizione. E anche se il suo corpo avesse risposto al dominio, ciò non significava necessariamente che sarebbe stata dell'umore giusto dopo che lui l'aveva sculacciata fino a farla sanguinare.

Si fermò e le passò una mano sui glutei arrossati. Non si aspettava che lei avrebbe preso così bene le sculacciate. La sollevò dalle ginocchia e si mise in piedi con lei, il corpo stretto contro il suo.

Lei gli portò le mani al petto.

Non ancora.

«Vai a metterti nell'angolo.»

Sollevò lo sguardo spaventato per incontrare i suoi occhi. Ovviamente, aveva pensato che la punizione fosse finita.

«Questa è una lezione che voglio seriamente che tu impari, tesoro» disse. «Mostrami obbedienza» disse, sollevando il mento verso l'angolo.

«Sì, signore» disse arrossendo e abbassando lo sguardo. Mentre la guardava camminare verso l'angolo, la prova del suo dominio che risaltava rossa contro la pelle pallida, sentì un'ondata di forte emozione. Amore, forse. Orgoglio, che si fosse sottomessa a lui, un desiderio di proteggerla e prendersi cura di lei, sì, ancora il bisogno di rivendicarla, ma per una volta, questo passò in secondo piano rispetto al resto.

Si voltò verso il muro come le aveva ordinato, il bel fondoschiena dipinto di rosso, la testa china, i succhi che le colavano sulla parte interna delle cosce. La lasciò in piedi per non più di due minuti prima di richiamarla.

«Vieni» disse.

Si voltò, sembrava più vulnerabile di quanto l'avesse vista prima e il suo cuore sobbalzò di nuovo per proteggerla. Si avvicinò a lui.

«Piegati, Ash» disse, indicando il letto.

Lei si voltò, il suo sguardo gli sfiorò il viso, la linea tra le sopracciglia si corrugò. Lui aspettò. Lentamente, piegò il busto sul letto.

«Brava ragazza.» Si avvolse la fibbia della cintura intorno alla mano finché non ne rimasero solo circa quarantacinque centimetri di lunghezza. Le prese i polsi e li bloccò sulla parte bassa della schiena con una mano. «Ho bisogno della tua obbedienza in ogni momento, Ashley» disse e fece roteare la cintura. Il sibilo dell'aria spostata risuonò un attimo prima che il cuoio colpisse la sua pelle nuda.

Guaì.

Lui si fermò, cercando di capire se fosse stato troppo duro o morbido.

«Mi dispiace, Ben» squittì.

«Grazie per le tue scuse» disse, abbassando di nuovo la cintura, e poi una terza volta. Lei ansimava a ogni colpo, ma non protestava. La frustava, lentamente e deliberatamente, impostando una cadenza di schiaffi e silenzi, punteggiata dai suoi piccoli lamenti che diventavano più forti a ogni colpo. Ashley seppellì il viso tra le coperte.

Ne diede altri cinque e poi lasciò cadere la cintura, liberandole i polsi. Quando lei balzò in piedi, pensò che se la sarebbe filata via da lui, ma invece si mise a dimenarsi, strofinandosi il sedere con una smorfia di dolore.

Era così carina che dovette trattenere un sorriso e quando lei se ne accorse, si lanciò su di lui. Gli intrecciò le braccia al collo, schiacciò le labbra contro le sue.

La colse di sorpresa, tirandole il corpo contro il suo, stringendole la pelle calda del culo. Baciandola a sua volta, le invase la bocca con la lingua, reclamandola. L'animale in lui ruggì alla vita, il cazzo si gonfiò. La ragione cominciò a vacillare.

Le sue dita arrivarono all'orlo della maglietta e gliela tirò su, iniziando a sfilargliela di dosso.

«Cosa stai facendo?» gracchiò, cercando di riprendere il controllo.

Lei si tirò indietro, aggrottando la fronte. «Non osare respingermi di nuovo, Ben Stone», disse. «Non dopo tutto quello che è successo» disse. Le lacrime che non erano scese durante la sculacciata ora le spuntarono negli occhi, facendogli stringere dolorosamente il cuore.

Certo, aveva ragione. Come poteva negarle la vicinanza che desiderava quando si era appena arresa a lui, mente, corpo e anima?

«Ashley» mormorò, il suo corpo già dolorosamente vicino a marchiarla. «Ashley...» Stava cercando di pensare a qualche parola per spiegare perché non poteva darle ciò di cui sembrava avere bisogno, ma il suo corpo aveva un'idea completamente diversa. L'aveva già tirata contro di sé, la figura morbida e nuda che si fondeva con la sua.

Lei gli avvolse le gambe intorno alla vita, la figa nuda calda contro il suo ventre. La accompagnò al letto e la stese sulla schiena dove le morse e la succhiò lungo il collo fino al seno sinistro. «Fottimi, Ben» implorò con tono gutturale.

«Non posso» riuscì a gracchiare lui, strisciando tra le sue cosce. Le allargò le ginocchia e la leccò dentro.

Il sapore della sua eccitazione lo colpì come un fulmine, uno shock che gli scosse il corpo, urlandogli di reclamarla.

Marchiala. Marchiala ora.

Intrecciò le dita nei suoi capelli, tirandoli bruscamente mentre faceva roteare il bacino su e giù, facendo scivolare la fessura sulla sua lingua.

Gli tirò i capelli. «Perché non mi scopi?»

«Non voglio farti male, Ash» riuscì a dire, facendo scivolare due dita dentro di lei per distrarla.

Le pareti della sua vagina si irrigidirono immediatamente attorno alle dita, serrandole. Le spinse ancora più in alto, cercando il suo punto debole. Trovandolo, piegò le dita per accarezzarlo, sentendo il tessuto ispessirsi sotto la punta delle dita.

«So che sei enorme, ma credo che mi allargherò» ansimò. Lui trattenne una risata. «Pensi che io sia enorme? No, non rispondere, non è quello che intendevo. È... i lupi sono rudi, molto rudi.»

Lei gemette sfacciatamente e lui chiuse gli occhi. Il suo odore gli riempì le narici, prendendo il sopravvento su tutti i sensi. Aveva bisogno di calmarsi o avrebbe perso il controllo e l'avrebbe marchiata.

Ma Ashley stava dondolando il piccolo bacino, spingendo i seni verso il soffitto. La sua volontaria sottomissione sia alla punizione che al piacere la rendeva innegabilmente *sua*. Il bisogno di compiacerla e proteggerla, di amarla, di prendersi cura di lei in ogni modo si sollevò così ferocemente che quasi lo accecò.

Il calore pervase il suo corpo, non il calore del mutaforma che voleva marchiarla, ma di qualcos'altro. Qualcosa di più profondo ed emotivo. Non aveva mai messo i bisogni di qualcun altro prima dei suoi in vita sua.

Suo padre era stato un modello di egoismo, e lui ne aveva seguito l'esempio. Leon aveva preso la direzione opposta, prendendosi cura delle sue centinaia di dipendenti, del suo branco e della sua famiglia, senza lamentarsi. Ora, mentre guardava la sua donna arrossire di piacere, la sua bocca sensuale che si apriva in un gemito, sapeva che avrebbe fatto qualsiasi cosa per lei, anche se non avesse mai trovato soddisfazione lui stesso. Darle piacere era diventato più importante che riceverlo.

Le circondò il clitoride con il pollice mentre continuava a penetrarla lentamente con due dita, poi tre.

«Girati» ordinò.

Si girò a pancia in giù, guardandolo da sopra la spalla con occhi vitrei. Lui trovò la sua fessura da dietro e scivolò dentro con due dita, spingendo il pollice contro la piccola rosetta del buco posteriore. Gridò, i muscoli della figa si contrassero attorno alle dita.

Raccolse un po' del suo lubrificante naturale sul pollice e le stuzzicò l'ano, massaggiando il buco tremante mentre continuava a spingere dentro e fuori dalla figa. «Per favore» piagnucolò, strusciandosi sul letto.

Lui spinse con più insistenza sull'ano. «Apri per me» ordinò, con un timbro di comando che gli permeava la voce. Rilassò i muscoli e lui sfondò l'ingresso. Massaggiando intorno all'apertura, la penetrò fino a una nocca, poi all'altra.

Gridò, inarcandosi all'indietro come un arco. La scopò con le dita, facendo oscillare le dita tra il buco posteriore e la figa. Quando iniziò a dimenarsi contro di lui, spinse più forte, in qualche modo miracolosamente in grado di distogliere la mente dalla reazione del suo corpo.

Facendo scivolare la mano libera sotto di lei, le strofinò il clitoride. Lei venne, tutto il suo corpo si ritrasse, i muscoli interni gli strinsero le dita in un rilascio pulsante. Lui gemette, il cazzo gli pulsava dolorosamente per liberarsi. Continuò a pompare in entrambi i suoi buchi finché i suoi muscoli non si rilassarono e lei crollò in un mucchietto molle sotto di lui.

«Oh, wow» sussurrò. Tolse le dita, cercando di non pensare a quanto desiderasse prenderla con forza brutale.

Lei si girò e lo guardò, un sorriso soddisfatto le illuminò le labbra. «Perché lo fai?»

«Cosa?»

Arrossì. «Sai. Metterci il dito.»

Lui sorrise per il suo imbarazzo. «Perché mi piace vederti venire.»

Arrossì ancora un po'.

Si sporse e le sfiorò un capezzolo con i denti. «Piccola, se mai dovessi punirti per esserti messa di nuovo in pericolo, ci metterò più del mio dito. Ti scoperò il culo con il mio grosso e duro cazzo finché non vedrai le stelle.»

«Oh, Dio» gridò, chinandosi per afferrarsi la figa mentre sollevava i fianchi in un altro orgasmo.

* * *

Ashley si svegliò con la considerevole erezione di Ben ancora premuta contro la schiena, proprio come quando si era sdraiato accanto a lei la sera prima. Lui indossava i suoi vestiti mentre lei giaceva completamente nuda, il che sembrava essere la metafora della loro intera relazione.

Si strinse il sedere, cercando di vedere se era ancora dolorante. Niente affatto. Perché la deludeva? Ricordò la punizione di Ben con un sussulto del ventre. Per quanto strano potesse sembrare, amava quando diventava severo con lei, e amava che la punisse fisicamente. Era l'incarnazione di ogni fantasia che avesse mai avuto.

Melissa le aveva sempre detto che le piacevano le figure autoritarie. Ashley si era innamorata follemente di insegnanti e allenatori durante l'adolescenza, e aveva avuto delle cotte pazzesche per diversi professori al college. Era logico che si sarebbe innamorata perdutamente del suo capo sexy quando fosse entrata nel mondo del lavoro. E lui era molto più di un capo sexy. Era un lupo alfa, severo, dominante e sexy in ogni modo. E la rimproverava.

Sapeva che avrebbe dovuto allarmarsi per il fatto che aveva usato la cinghia, non per un piacere perverso, ma per una vera punizione, ma le era piaciuto. Be', non le era piaciuto il dolore in quel momento, ma le era piaciuto che l'avesse fatto e che la minaccia di una punizione futura le aleggiasse sulla testa. Inoltre, era abbastanza certa che si sarebbe fermato se gli avesse detto di no. Le era sembrato che a un certo punto avesse cercato il suo consenso. E sembrava rattristato o turbato prima, non si era scatenato con rabbia, era stato più come se avesse dovuto affrontare un compito difficile, ma necessario. Sarebbe stato un buon leader se avesse mai scelto di essere l'alfa del suo branco.

Da quello che aveva dedotto, gli altri lupi erano delusi

dalla sua riluttanza a farsi avanti. Volevano seguirlo, e lei capiva perché. Possedeva un potere assoluto di presenza e di spirito. Se solo avesse creduto nella sua capacità di guidare.

Si girò e lui si sistemò nel sonno per tenerla tra le braccia, stretta contro il suo torso muscoloso. Gli doveva ancora qualcosa per la notte scorsa. Si era addormentata mentre lui le giaceva accanto con quello che era probabilmente il peggior caso di palle blu del mondo.

Scivolò fuori dal letto per andare in bagno, poi tornò con un preservativo. Non faceva sesso occasionale, ma l'ultimo fidanzato di Melissa ne aveva infilato qualcuno nella sua borsa per scherzo un po' di tempo prima e lei non li aveva mai tirati fuori. Ora era grata di averli. Si sedette accanto a Ben e gli passò una mano sul braccio, meravigliandosi della definizione dei suoi bicipiti. Facendo scivolare il palmo lungo il suo fianco, glielo infilò sotto la maglietta, sentendo il calore della sua pelle dorata.

Si mosse, allungando la mano verso di lei e tirandola di nuovo giù accanto a lui senza aprire gli occhi. Come se lei appartenesse a quel posto. Sorrise e tirò il bottone dei suoi jeans, aprendoli. Scivolando giù, fuori dalla sua presa, gli si mise a cavalcioni sulle gambe e gli slacciò i pantaloni. Non indossava boxer o slip, probabilmente con tutte quelle mutazioni continue non ne valeva la pena. Indossare biancheria intima non abbassava comunque il numero di spermatozoi negli uomini? Come se Ben Stone avesse bisogno di essere più virile. In ogni caso, le rese più facile liberargli la lunghezza, che balzò fuori con le sue dimensioni impressionanti.

Afferrò la base e strinse e lui gemette, muovendosi nel sonno e borbottando qualcosa. Lei abbassò le labbra per assaggiarlo. Nel momento in cui mise la bocca sulla cappella, spalancò gli occhi. Anche il cazzo sembrò raddoppiare di dimensioni, cosa che non avrebbe creduto possibile. Leccò sotto il bordo, tutto intorno, mentre Ben la fissava con un'espressione sorpresa. Una goccia di liquido preseminale uscì e lei la leccò con la lingua, poi si leccò le labbra mentre sosteneva il suo sguardo.

Un brivido gli percorse tutto il corpo. Soddisfatta dei risultati, chiuse le labbra attorno al membro e abbassò la testa su di esso. La sua mascella sembrava troppo piccola, ma fece del suo meglio per rilassare il riflesso faringeo e prenderlo in profondità in gola.

Lui emise un verso come se stesse soffrendo.

Lo fece di nuovo.

La sua espressione si contorse, gli occhi non le abbandonarono mai il viso. «Ashley...» gemette.

«Mmm hmm» disse, tenendo la bocca sulla sua lunghezza e mugugnando la sua risposta, sapendo che la vibrazione lo avrebbe fatto impazzire.

Come la prima volta che gli aveva succhiato il cazzo, lui afferrò la testiera, come se avesse paura di toccarla.

«Perché lo fai?» gracchiò.

Sorrise e liberò il suo cazzo dalla bocca. «Voglio che tu ti senta bene» disse seducente, poi fece scorrere la lingua dai testicoli su per la parte inferiore del cazzo fino al frenulo, dove la fece roteare di nuovo.

«Ohh» gemette lui.

«Ti ci senti?» chiese.

«Cosa?» grugnì lui.

«Bene?»

«No! Sì, Oh, Dio. Ahhh-uh... è troppo. È troppo fottutamente bello.»

Incoraggiata, lo prese di nuovo in profondità in gola.

«Noo.» Sembrava di nuovo sofferente.

«No?» chiese lei innocentemente, sedendosi. Strappò

l'involucro del preservativo e lo srotolò lungo il cazzo prima che lui potesse chiederle cosa stesse facendo.

Capiva che era preoccupato di essere troppo violento con lei, ma voleva darsi a lui. E anche se non aveva mai avuto un amante violento prima, sembrava delizioso. Si mosse rapidamente per cavalcarlo.

«No, no, no, no» disse lui, sollevandole i fianchi e tenendo il bacino sospeso in aria.

«Ben» disse con il tono più sexy possibile. «Ho bisogno di te dentro di me. Ho bisogno di averti dentro di me adesso.»

Il cazzo si sforzò di raggiungerla, enorme, spesso e pulsante, a pochi centimetri dalla figa.

Una goccia della sua eccitazione cadde su di esso e lui inspirò bruscamente. Gli occhi verdi balenarono verso l'ambra una volta, due volte, poi rimasero gialli, un ringhio disumano gli uscì dalla gola. La tirò giù, impalandola con il suo cazzo. Anche se era pronta per lui, le dimensioni la allargarono, facendole sgorgare lacrime di dolore dagli occhi.

Gridò, lottando per adattarsi all'improvvisa invasione, ma lui stava già spingendo e tirando i suoi fianchi avanti e indietro. Il clitoride si strusciava sulla base del cazzo, inviando scosse di piacere che le scesero lungo l'interno delle cosce e le si arricciarono le dita dei piedi. La figa emise un nuovo getto di umidità, facilitando lo stiramento in modo che potesse prenderlo più a fondo.

Ashley gemette, inarcandosi tra le sue mani. Le dita le stringevano i fianchi. Un altro ringhio gli attraversò le labbra e la tirò più forte e velocemente.

Si abbandonò a lui, sapendo che qualsiasi resistenza avrebbe potuto causarle dolore. I muscoli si afflosciarono, come se avesse già raggiunto l'orgasmo, rilassandosi per lasciare che la muovesse come una bambola di pezza.

Lui arricciò il labbro e ringhiò, conficcandole i polpastrelli nel culo mentre spingeva verso l'alto nello stesso momento in cui la tirava in avanti.

Gridò, lacrime fresche le pizzicarono gli occhi, anche se il piacere superava di gran lunga il dolore.

In un unico movimento, la sollevò completamente dal cazzo, la capovolse sulla pancia e la immobilizzò, a cavalcioni sulle sue gambe. Un altro ringhio le raggiunse le orecchie. Le afferrò i capelli, tirandole indietro la testa finché non si inarcò mentre lui affondava in profondità nel suo canale. Si sentiva vergine, tesa al massimo, scioccata sia dal dolore che dal piacere di tutto ciò.

Ben si schiantò contro di lei, più e più volte con un'urgenza e una violenza che la stordirono. Nonostante ciò, il suo corpo lo voleva tutto, ne voleva di più, finché non alzò la voce in un continuo, lamentoso grido.

Il respiro di Ben ansimò caldo nel suo orecchio, la sua disperazione per la liberazione era evidente dal modo in cui la sua mano lacerava il lenzuolo sotto di lei, strappando persino il coprimaterasso per lo sforzo di seppellirsi dentro di lei.

Ruggì, il seme era così caldo che lei lo sentì, anche attraverso il preservativo.

E poi un dolore bruciante le squarciò la spalla, accecandola.

* * *

Fu l'odore salato delle sue lacrime a riportarlo alla forma umana completa. Aveva il suo sangue in bocca, il suo grido gli risuonava nelle orecchie. Allentò la presa delle mascelle e si ritrasse da lei, inorridito.

Il sangue le scorreva lungo la schiena, inzuppando il letto.

Gridò allarmato, mischiando la voce ai suoi singhiozzi. *Oh, no.* Il battito cardiaco gli salì a livelli aritmici, i palmi diventarono freddi e sudati. «Ashley?» gracchiò, la sua voce era roca.

Lei si era alzata di scatto, si era rannicchiata vicino alla testata del letto, con gli occhi spalancati dal terrore. Allungò la mano verso di lei che sussultò.

«Non toccarmi» gridò. Le tremavano le labbra, le lacrime le scorrevano sul viso, mescolandosi al sangue sulla clavicola.

Oh, Dio. Cosa aveva fatto?

Barcollò all'indietro, i suoi arti freddi. «Ashley...»

Si rannicchiò, alzando la mano, come per allontanarlo.

Lacrime calde gli riempirono gli occhi. «Per favore» sussurrò, senza nemmeno sapere cosa stesse implorando. *Non odiarmi. Non stare male sul serio.*

«Non farlo» gridò, premendosi contro il muro come se volesse spingersi attraverso di esso per allontanarsi da lui.

«Non lo farò» disse, una lacrima gli rigava la guancia mentre indietreggiava. «Non ti toccherò. Non ti farò mai più del male.» Si voltò e corse via, spalancando la porta e mutando senza cambiarsi, il che fece sì che le cuciture si strappassero e gli indumenti cadessero mentre correva via.

Ingoiò l'aria fresca del mattino, ignorando gli occasionali jogger che sembrarono terrorizzati nel vedere un enorme lupo correre. Corse veloce, senza una meta in mente. Seguì il letto di un ruscello e attraversò i parchi, uccidendo un'oca solo per divertimento. Quando si trovò davanti alla porta sul retro di Zolla, pensò che un istinto migliore dovesse essersi insinuato e lo assecondò entrando. Sfondando la porta per cani, corse oltre il punto in cui Melissa e Jeremy giacevano ancora sul divano letto. Zolla aprì la porta della camera da letto proprio mentre lui la raggiungeva, probabilmente sentendolo o annusandolo. Non sembrò sorpreso dal suo arrivo, come se lo stesse aspettando. «È Jack» annunciò nel momento in cui Ben si trasformò in forma umana. Zolla indicò lo schermo del suo computer all'indirizzo IP elencato. «Ogni server della Stone è andato in crash quindici minuti fa. La Stone Gaming è completamente inattiva in tutto il mondo. Non so quale sia il suo piano, ma so per certo che il computer che ha effettuato l'accesso con la tua password trenta minuti fa è registrato a nome di Jack Laden. Ecco il suo indirizzo.»

Ben afferrò il foglio e memorizzò l'indirizzo.

«Hai del sangue sulla faccia?» chiese Zolla, annusando l'aria.

Cercò di respirare e non ci riuscì. «Sì» riuscì a dire. Sapere che sua sorella era nell'altra stanza e che lo avrebbe odiato per quello che aveva fatto non faceva che aumentare la sua vergogna. «L'ho marchiata. È grave. Davvero grave. Ho bisogno che tu vada da lei.» Era un segno della sua disperazione il fatto che avrebbe mandato un altro maschio a prendersi cura della sua compagna.

Zolla rimase a bocca aperta, ma per fortuna non commentò. «Dove?»

Gli diede il nome del motel e il numero della stanza. «Ci vai subito?»

«Certo. Tu dove stai andando?»

«A occuparmi di Jack.»

«Non dovresti andare da solo. Chiama Mark o aspettami.»

Scosse la testa. «No, posso occuparmene io. Assicurati solo che Ashley...» deglutì. «Vai da lei. Ora.»

Zolla indossò un berretto dei Rockies. «Vado.»

Ben tornò a trasformarsi in lupo e seguì Zolla fuori, dirigendosi verso il posto in cui aveva nascosto la macchina venerdì sera. Usando il pulsante nascosto per aprire il bagagliaio, frugò nella borsa da viaggio per trovare un paio di pantaloni, una camicia e delle scarpe. Con la chiave di riserva, accese la macchina e si diresse verso l'indirizzo della residenza di Jack ai piedi della collina. La sua mente era vuota, o meglio, aveva solo un chiaro obiettivo: eliminare Jack. Dopo essersi occupato di lui, avrebbe aperto la scatola in cui aveva stipato la sua angoscia per Ashley. Parcheggiò di fronte a una casa sfarzosa con un vialetto di ciottoli e una fontana gigante nella parte anteriore. Sceso, si diresse furtivamente sul marciapiede. Provò prima la porta e, trovandola chiusa a chiave, sbatté la spalla contro il legno pesante. Il legno si piegò contro la sua forza da mutaforma. Ci gettò contro di nuovo il suo peso, poi una terza volta, facendo schioccare la porta dai cardini. Si aprì e si ritrovò faccia a faccia con Jack, che gli puntava contro una pistola.

Ben allargò le mani. «Qual è il tuo piano, Jack?» chiese, entrando e chiudendo la porta rotta dietro di sé.

Le narici di Jack si dilatarono, i suoi occhietti sfrecciarono oltre Ben verso la porta.

«Hai piazzato una bomba nel mio portatile, ma non l'hai ancora innescata. Hai rapito la sorella di Ashley. Hai appena fatto crollare tutti i nostri server. Stai cercando di abbassare le nostre azioni in modo da poter acquistare tutto senza che io ne faccia parte? Pensi che Shayla te lo permetterebbe?»

Il viso di Jack era impallidito, quel muscolo sotto l'occhio destro si contraeva come faceva sempre quando sfidava

Ben. La mano che reggeva la pistola tremava leggermente, ma la sua espressione era piena di sarcasmo. Ben avanzò lentamente. «L'FBI sa tutto del rapimento e della bomba», disse, bluffando solo in parte. Dopotutto, Mark lo sapeva, quindi se o quando le cose fossero uscite allo scoperto con le autorità, Mark avrebbe fatto in modo che le persone giuste venissero perseguite e che ogni riferimento ai lupi venisse omesso. «Hanno già ricondotto il crash del server al tuo indirizzo IP.»

Jack sparò, colpendolo all'intestino. Ben fece del suo meglio per non sussultare, nonostante la bruciatura, e scoppiò in una risata piatta, arricciando il labbro superiore. Camminò in avanti con noncuranza come se il proiettile non lo disturbasse. «Con chi lavori? Con il cartello di Sandoval?» Jack rimase a bocca aperta, gli occhi si spostarono sulla ferita sanguinante, poi di nuovo sul viso di Ben. Il ghigno svanì, la confusione si insinuò.

«Non so chi sia.» Sparò di nuovo, questa volta colpendo Ben dritto allo sterno.

Perse il fiato, ma non barcollò all'indietro. «Chi allora?»

La mano di Jack tremò violentemente quando finalmente comprese che Ben non poteva essere eliminato così facilmente come aveva pensato. «Cosa sei?»

Sorrise. «Non posso essere ucciso, Jack» mentì. «Cosa comporta questo per i tuoi piani?»

Gli occhi di Jack saettarono per la stanza e lui iniziò a indietreggiare.

«La tua idea era intelligente, lo ammetto» disse, sperando di farlo parlare. Aveva bisogno di sapere chi altro fosse coinvolto e quali erano state le motivazioni esatte di Jack. «E piuttosto elaborata. Non sarebbe stato più facile spararmi fin dall'inizio?»

Gli occhi di Jack caddero di nuovo sulle ferite da proiettile. «Sì, ma volevo che il crash del server ricadesse su di te.»

«Volevi che il consiglio mi licenziasse?»

Contorse la bocca in una smorfia amara. «Volevo che non rimanesse nulla della Stone Technologies» sputò. «Così le mie stock option dal pacchetto di lavoro alla Suma Games mi avrebbero reso ricco.»

«Sei già ricco» borbottò, poi scosse la testa. Perché stava discutendo con un pazzo?

Una goccia di sudore scese lungo il viso di Jack, ma lui fece un sorriso sghembo. «Non è niente di più di quanto meriti. Ho inventato io la NE3, non Leon.»

Un lampo di irritazione alla citazione di Leon lo fece scattare in avanti.

Jack sparò di nuovo. Questa volta colpì Ben alle costole, ben sotto il cuore. L'impatto lo bruciò e lo fece cadere all'indietro per un attimo, ma lui mantenne il viso impassibile e strappò la pistola dalle mani di Jack. Ben la girò e colpì Jack in testa con il lato dell'impugnatura.

Si accasciò sul pavimento ricoperto di moquette, gemendo.

Ben gli diede un calcio nelle costole. «Ehi, Jack, sei licenziato.» Rigirò la pistola, la puntò alla testa di quel piccolo viscido e sparò.

* * *

L a testa di Ashley girava come se avesse bevuto tre margarita a stomaco vuoto. Le vertigini sembravano diverse dalla debolezza causata dalla perdita di sangue: c'era anche una sensazione piacevole, ma disorientata. In qualche modo era riuscita a vestirsi e a tenere un asciugamano sulle ferite, ma il sangue le aveva inzuppato la maglietta e l'asciugamano e la vista le avevano dato la nausea. Anche le sue emozioni erano un groviglio. Non riusciva a smettere di piangere, non per il dolore, anche se era comunque straziante, ma più per il senso di vergogna e di tradimento. Perché l'aveva morsa? Si era fidata di lui, si era data a lui, e lui era diventato selvaggio. In qualche modo lo aveva fatto arrabbiare? Di sicuro non intendeva strapparle un pezzo dalla spalla quando diceva che i lupi erano violenti quando facevano sesso. O era quella la "marchiatura" di cui li aveva sentiti parlare? Era per questo che aveva avuto così tanta paura di fare sesso con lei? Forse sì, ma perché l'aveva semplicemente abbandonata dopo? Era uscito dalla porta mentre lei era rannicchiata nuda e sanguinante e non era più tornato. Anche se aveva giurato che non lo avrebbe mai perdonato per questo, il suo cuore malato d'amore continuava ad aspettare che tornasse e si spiegasse. Ma non l'aveva fatto.

Sentì bussare alla porta.

Si bloccò. Ben non avrebbe bussato. Chi poteva essere?

«Ashley? Sono Zolla. Ben mi ha mandato qui per aiutarti. Puoi farmi entrare?»

Aveva mandato Zolla? Si sentiva nauseata. Non meritava nemmeno che venisse lui di persona? Si alzò da dove era seduta sul bordo del letto e barcollò per aprire la porta.

Zolla guardò l'asciugamano insanguinato senza sorprendersi. Attraversò la porta e la chiuse rapidamente dietro di sé. Tirò fuori una sedia e la indicò. «Posso guardare le tue ferite?»

«Dov'è Ben?» chiese mentre si dirigeva verso la sedia indicata.

«È andato a cercare Jack.»

Questo la fece arrabbiare ancora di più. Chiaramente, lei non significava nulla per lui: l'aveva rifilata al suo amico mentre lui andava a vendicarsi. Sembrava che l'avesse tenuta lì solo per fare lo scambio con il suo portatile. Era stata una sciocca a pensare che lui provasse dei sentimenti per lei.

Zolla le strappò la maglietta all'altezza dello scollo per esporre la spalla.

«Ehi» protestò. «Avresti potuto semplicemente chiedermi di toglierla. Questa è l'unica maglietta che ho al momento, sai.»

«Sì, non risponderò a Ben per averti tolto la maglietta» borbottò.

«Ben non ha alcun diritto su di me» disse amaramente.

Zolla sollevò le sopracciglia e arricciò le labbra come per mostrare che non era d'accordo, ma non aveva intenzione di discutere. Esaminò le ferite sulla sua pelle e poi andò in bagno dove bagnò un asciugamano nel lavandino. Quando tornò, le pulì.

Lei prese fiato. «Perché mi ha fatto questo? È... è questo che fanno i lupi quando fanno sesso?»

«No. Ti ha marchiata. Sai cosa significa?»

Scosse la testa, poi si fermò, rabbrividendo quando il dolore le attraversò il trapezio.

«Non credo che volesse farlo, ma probabilmente il suo istinto ha preso il sopravvento. Significa che ti ha scelta come compagna. Quando un maschio mutaforma marchia la sua compagna, una secrezione speciale gli ricopre i denti. Probabilmente ti senti un po' drogata in questo momento?»

«Sì» disse.

«La secrezione è incorporata nella tua carne e il suo odore rimane in modo permanente, dicendo agli altri lupi che sei stata scelta da lui.»

Un'ondata di indignazione la inondò. Come aveva osato marchiarla in modo permanente? Sarebbe rimasta segnata a vita e non gliel'aveva nemmeno chiesto prima. E poi l'aveva semplicemente abbandonata e aveva mandato Zolla come se fosse un disastro che qualcun altro doveva pulire.

«Questa è una stronzata» disse, contorcendosi per guardare Zolla, come se fosse colpa sua se il suo compagno di branco era uno stronzo. «Mi morde la spalla e poi sparisce e ti manda a pulire? Puoi togliermi il suo odore, perché sono dannatamente sicura che non resterò qui ad accettare questo tipo di trattamento.»

Zolla si era sporto per ispezionare i segni sotto la clavicola. «Ashley... guarisci sempre così in fretta?» chiese.

«Cosa intendi?» Si alzò e andò in bagno per guardarsi allo specchio. I tagli che le erano sembrati così orribili quarantacinque minuti prima si erano quasi chiusi, l'emorragia si era fermata.

«Non lo so» disse. «È veloce?»

Zolla aspettò che tornasse. «Sì. La maggior parte degli umani avrebbe bisogno di diversi punti e sanguinerebbe ancora abbondantemente, ma il tuo sangue si è già coagulato e la pelle si è attaccata come se questa ferita fosse vecchia di un giorno, invece che di un'ora.»

Si toccò la spalla, cercando di capire cosa le stesse dicendo.

«Hai sangue di mutaforma in famiglia?»

Lo guardò a bocca aperta. «Intendi dire...?» La sua mente corse, arrivando subito alla nonna Jane, che aveva dato alla luce suo padre fuori dal matrimonio. Era stato uno scandaloso segreto di famiglia, e suo padre era cresciuto credendo che Abe Bell, il suo patrigno, fosse il suo vero padre finché non aveva visto il suo certificato di nascita quando era andato al college. La riga che indicava il padre era stata riempita con "sconosciuto". Aveva affrontato sua madre e lei si era rifiutata di dirgli qualcosa, a parte che Abe

Bell lo amava come se fosse suo figlio e che questo era tutto ciò che contava.

La nonna Jane aveva avuto una storia con un mutaforma?

Ashley pensò a come suo padre si fosse sempre vantato che né lui né le sue figlie si fossero mai ammalati. Era vero, la madre aveva la sua parte di raffreddori e influenze, ma Ashley e Melissa raramente prendevano qualcosa, e quando succedeva, era una malattia lieve rispetto a quella di altre persone.

«Forse guarisco in fretta» disse lentamente, ricordando i momenti in cui lei o Melissa pensavano di essersi slogate qualcosa solo per vedere il gonfiore e il dolore sparire entro la mattina. «Penso di aver sempre pensato di essere fortunata.»

«Questo spiegherebbe la fascinazione che Ben prova per te.»

Socchiuse gli occhi. «Cosa intendi?»

Lui agitò le mani come per allontanare la sua rabbia. «Non volevo offenderti. Sei bellissima e intelligente, chiunque può vederlo, è solo che gli alfa di solito non scelgono le umane come compagne. La biologia vuole che scelgano la femmina più forte o più adatta per la riproduzione.»

Tirò su col naso, la sua rabbia nei confronti di Ben tornò a tutta forza.

«Ascolta... non sono affari miei, ma...» si interruppe quando lei si voltò per lanciargli un'occhiataccia fulminante.

«Cosa?» chiese.

«Solo... non essere troppo dura con lui. Stamattina sembrava più infelice di quanto l'abbia mai visto. Non credo che volesse farti del male e so che si è sentito malissimo per questo.»

Un po' della sua rabbia si attenuò, il che per qualche

ragione le fece salire le lacrime. Trasse qualche respiro per riprendere il controllo. «Beh, perché diavolo se n'è andato?»

Zolla scrollò le spalle. «Non lo so. Ho la sensazione che si porti dietro un sacco di sensi di colpa, qualcosa a che fare con la morte di Leon. Si sente responsabile per qualche ragione. E penso che aver ferito un'altra persona che amava gli abbia fatto solo mettere la coda tra le gambe e scappare.»

Sentire che Zolla credeva che Ben la amasse le fece bruciare il naso. Se lo strofinò.

«Sinceramente, Ashley. So che non voleva farti del male.»

Distolse lo sguardo per nascondere l'emozione sul suo viso.

Gli squillò il telefono e lui rispose. «Com'è andata?» Ascoltò per un momento. «Bisogna ripulire?»

Stese le orecchie per sentire l'altra persona parlare, chiedendosi se fosse Ben.

La sua domanda trovò risposta nella successiva risposta di Zolla. «Sta bene. Nessuna arteria importante, le ferite stanno guarendo bene... No, non avrà bisogno di vedere un dottore, a meno che non lo voglia.» Alzò le sopracciglia con espressione interrogativa e lei scosse la testa. «Okay.» Zolla le porse il telefono. «Vuole parlare con te.»

Lei incrociò le braccia sul petto e scosse la testa.

Zolla parlò al telefono. «Ehi, amico, non se la sente ancora.» Si voltò come se stesse avendo una conversazione privata con Ben. «Dalle del tempo. È stato un po' scioccante per lei, tutto qui.»

«*Un po'?*» borbottò.

Zolla riattaccò e si voltò di nuovo verso di lei. «Pensa che sia sicuro per te e Melissa tornare a casa.»

«Cosa è successo con Jack?»

«Se ne è occupato Ben. Aveva accettato un lavoro alla

Suma Games e voleva rovinare la Stone e rubare il codice prima di andarsene.»

«Cosa ha fatto Ben?»

«Lo ha finito» disse con una decisione che la fece rabbrividire. «Pensa che sia sicuro per te e Melissa tornare a casa ora.»

Sebbene fosse irrazionale, la delusione per essere stata nuovamente insultata da Ben le fece salire la bile in gola. «Bene» disse con voce strozzata. «Mel è ancora a casa tua?»

«Sì, torno indietro e glielo faccio sapere. Vuoi che ti chiami o altro?»

«Dille di raggiungermi a casa mia» disse, prendendo la borsa e pescando le chiavi.

«Lo farò» disse Zolla, aprendo la porta e aspettando che lei la attraversasse per prima.

«Grazie» disse, voltandosi e abbracciando Zolla.

Lui si bloccò, dandole una pacca sulla schiena, imbarazzato. Si schiarì la gola. «Uh, nessun problema. Non dovresti aver bisogno di mettere niente su quel morso, niente perossido di idrogeno o antibiotico. Il siero ti proteggerà dalle infezioni. Puoi guidare o ti senti ancora drogata?»

«Posso guidare» disse. Si sentiva strana, ma la vertigine era passata. «Va bene se la bagno? Mi farebbe bene una lunga doccia.»

«Dovrebbe andare bene. Prenditela comoda oggi. Aggiungi il mio numero al tuo telefono e chiamami se hai domande o se ti senti peggio. O se hai bisogno di qualcosa.»

Lo inserì nella sua rubrica e gli rivolse un debole sorriso. «Grazie ancora, Zolla.»

«Sì. Sii gentile con il tuo lupo, Ashley. Gli dispiace davvero.»

Scrollò le spalle. «Deve ancora dirmelo.» *Non che gliene avesse dato l'opportunità.*

Era grata che Zolla non le avesse fatto notare che sarebbe stato impossibile visto che si era rifiutata di rispondere alla chiamata di Ben. Sapeva di essere un po' irrazionale, ma l'abbandono di Ben era stato il fattore decisivo in una serie di esclusioni emotive fin dall'inizio della loro relazione.

Ne aveva abbastanza. Non sapeva dove sarebbero andati a parare da lì, ma era dannatamente sicura che non avrebbe lasciato che continuasse così. Non poteva continuare a sentirsi così instabile. Non si concedeva a un ragazzo solo per vederlo sparire ogni volta che le cose si facevano intense.

Capitolo dieci

Quel pomeriggio, Ben era seduto nel suo ufficio, il silenzio era assordante. Zolla era venuto a consultarsi con i ragazzi del settore IT di Ben per rimettere in funzione tutti i server e ripristinare la sicurezza.

Il suo stomaco rimase in subbuglio per tutto il giorno pensando ad Ashley. Il fatto che non avesse risposto alla sua chiamata era una nuova fonte di tortura. Ci riprovò più volte, ma ogni volta andava direttamente alla segreteria telefonica, come se avesse spento il telefono o la batteria fosse scarica.

Pregò che non stesse soffrendo. Aveva dei dubbi su quanto Zolla si fosse preso cura di lei. Forse avrebbe dovuto insistere perché venisse portata al pronto soccorso per i punti. Le avevano dato degli antidolorifici? Gli avrebbe mai più parlato?

Mentre usciva per andare alla macchina, ci riprovò. Ancora una volta andò direttamente alla segreteria telefonica. Non aveva lasciato un messaggio le altre volte, ma ci provò. «Ashley» disse. La sua mente si svuotò. Che diavolo poteva dire in questa situazione? C'era un bigliettino già stampato per questo? *Mi dispiace di averti quasi strappato la gola, vuoi essere la mia dolce metà? O forse sono pronto a fare il passo successivo con te... ti dispiace se ti lascio una cicatrice permanente per imprimere il mio profumo?* No, ancora meglio, *vorrei metterti in pericolo assicurandomi che tutti i miei nemici sappiano che ci tengo a te. Spero che non ti dispiaccia avere una cicatrice.*

Accidenti. Era davvero il più grande degli idioti, no?

Tirò un sospiro ed espirò. «Per favore chiamami. Ho davvero bisogno di parlarti. Io... mi dispiace, Ashley. Ho bisogno di vederti...» Stava per dire *per favore chiamami*, ma rendendosi conto di averlo già detto, premette "fine" e si strofinò la fronte.

E se non avesse chiamato? Avrebbe dovuto presentarsi a casa sua? O aspettare di vederla al lavoro? Dio, sarebbe mai venuta al lavoro? Il pensiero di gestire la Stone senza di lei lo lasciava vuoto. In meno di una settimana, era diventata tutto per lui. Grazie a lei, voleva sistemare la Stone, voleva fare l'uomo e diventare il leader che suo fratello si aspettava che fosse. Leon se lo meritava. Ashley in qualche modo lo aveva svegliato dal torpore in cui era caduto dalla morte del fratello.

Salì in macchina e andò a casa sua. Le luci erano accese e vide Ashley e Melissa sedute insieme sul divano. Rimase seduto con la macchina accesa per un momento, riflettendo. Entrambe le donne probabilmente avevano molto da condividere l'una con l'altra. Forse era meglio lasciare che si leccassero le ferite insieme senza che lui le interrompesse.

Avviò la Mustang e tornò a casa.

* * *

Spegnere il telefono quando era arrabbiata con Ben equivaleva a farsi del male pur di ferirlo. Probabilmente una parte di lei voleva punirlo. E forse l'altra non era ancora pronta a parlare. Aveva bisogno di mettere a fuoco i suoi sentimenti su tutta la questione della "marchiatura".

Una volta raccontata l'intera storia a Mel, aveva iniziato a percepirne la portata. Non si trattava solo di essere scioccata per la violenza o arrabbiata per l'abbandono. Ben l'aveva marchiata per sempre come sua compagna. Doveva ammettere che il suo cuore si era messo a saltellare quando si era resa conto delle implicazioni. Aveva avuto ragione: lui aveva davvero una cotta per lei. Una cosa seria, a quanto pareva. Non sapeva cosa significasse essere la compagna di un lupo, ma se riuscivano a superare i muri che Ben aveva eretto, di sicuro voleva provarci.

Aveva riacceso il telefono prima di andare a letto ed era stata soddisfatta di sentire il messaggio di Ben. Sembrava in uno stato terribile. Non era ancora pronta a parlargli, ma si sentiva molto meglio. Quel giorno, avrebbe potuto affrontarlo al lavoro. Avrebbero parlato e da lì avrebbero potuto andare avanti.

Entrò presto e trovò un posto nel garage vicino all'ascensore. «Aspetti» gridò mentre le porte dell'ascensore si chiudevano davanti a un uomo che non riconobbe. Infilò la mano tra le porte per aprirle e scivolò dentro. «Trentacinquesimo piano, per favore» disse.

Lui premette il pulsante senza guardarla. Lei osservò prima le sue scarpe lucide, poi l'elegante e pulito completo firmato. Aveva i capelli scuri, grigi sulle tempie, e la pelle olivastra, più scura di quella di Ben. I suoi occhi incontrarono quelli di lei e arricciò il naso mentre annusava l'aria.

Si bloccò per quel gesto decisamente da lupo.

La sua tensione sembrò essere la conferma di cui aveva bisogno perché curvò le labbra in un brutto sorriso. «Sei appena stata marchiata» osservò con un forte accento spagnolo. Distolse lo sguardo e alzò lo sguardo verso i numeri dei piani illuminati sopra le porte.

«Non so di che parla.»

Con un movimento rapido, tirò fuori una pistola dalla tasca della giacca e gliela puntò contro. «Quando l'ascensore raggiungerà la destinazione, rimarrai dentro, chiuderai le porte e tornerai giù al garage.» Trattenne il respiro, cercando di organizzare i suoi pensieri. Chi era quest'uomo? Qualcuno del Sud America... Leon era morto in Venezuela. Cosa le aveva detto Ben a riguardo?

Le porte si aprirono e la pistola scomparve nella tasca della giacca, ancora puntata direttamente su di lei. «Chiudile. *Ora*» ringhiò.

Premette il pulsante per chiedere le porte. L'ascensore continuò a salire fino al piano di Ben. Per favore, pregò, fa che lui si trovi alla scrivania di Karen così da vederla lì in piedi con il lupo che lei presumeva fosse il suo nemico.

Non fu così fortunata. Le porte si aprirono su una reception vuota. Karen non era alla sua scrivania e la porta di Ben era chiusa.

«Chiudi le porte e premi P1.»

Esitò.

«Fallo!» ringhiò.

Obbedì. «Chi sei?»

Il labbro del mutaforma si arricciò. «Sono Sandoval.»

Lo guardò senza espressione.

«Non ti ha parlato di me?» chiese, con tono offeso.

Scrollò le spalle, cercando di sembrare indifferente.

«Sono il lupo che la farà pagare al tuo amante.»

«Cosa ti ha fatto?»

Le porte si aprirono nel garage e il lupo cattivo la spinse in avanti, fuori dall'ascensore. «Tomás Solís ha assassinato mia moglie e le mie figlie.»

Trattenne il respiro, l'ondata di odio dell'uomo era quasi palpabile. Non sapeva chi fosse Tomás Solís, ma non pensò che fosse il momento giusto per chiederlo.

La fece avanzare, strinse le dita sul suo avambraccio conficcandole nella pelle. Due uomini più giovani saltarono fuori da un'auto scura e uno di loro tenne aperta la portiera per Sandoval. «Sali» sbottò, spingendola in avanti.

«Chi è?» chiese uno dei due uomini più giovani. Assomigliava al suo rapitore, forse era suo figlio o suo nipote.

Sandoval si fece avanti per sedersi accanto a lei. «La compagna del cucciolo di Solís.»

«Cosa ci facciamo con lei?» chiese l'altro uomo.

«Guida la macchina e basta» sbottò Sandoval. «Torna a casa.»

L'auto fece retromarcia e uscì a tutta velocità dal parcheggio. Osservò le auto in arrivo, pensando di provare a fermarle per chiedere aiuto, ma si rese conto che i finestrini erano troppo oscurati perché qualcuno potesse vederla dall'interno.

Il figlio del lupo più anziano si girò sul sedile anteriore per guardarla, e poi guardò suo padre. Gli disse qualcosa in spagnolo.

L'uomo anziano rispose qualcosa, poi si voltò verso di lei, con un sorriso cattivo sul volto.

«Ho ucciso Solís troppo in fretta. Avrei dovuto farlo guardare mentre torturavo i suoi cuccioli davanti ai suoi occhi.» Le prese una ciocca di capelli e se la rigirò tra le dita.

«Ma ora posso rimediare.» Gli brillarono gli occhi scuri. «Suo figlio può guardare la sua compagna profanata e poi uccisa. E poi, quando avrò finito con il più giovane dei Solís, la mia vendetta sarà completa.»

Ben era il più giovane dei Solís?

«Io-io non sono in realtà la compagna di Ben. È stato un errore, non voleva marchiarmi. Sono umana.»

«Il che ti rende ancora più fragile.» L'uomo sorrise. «Torturare un essere umano è così gratificante.»

Rabbrividì.

L'auto si fermò davanti a una casa vacanze in stile villa, un'unità indipendente, alta due piani con un muro che circondava la proprietà. Il terrore si era insinuato dentro di lei, gelandole tutto il corpo. Fece dei respiri profondi, cercando di mantenere la calma. Aveva il suo telefono. Forse avrebbe potuto trovare un modo per mandare un messaggio a Ben o a Zolla. Zolla avrebbe potuto rintracciare la sua posizione.

Sandoval la spinse fuori dalla macchina e la tirò dentro casa, facendola sedere e legandole le caviglie alle gambe di una sedia. Le legò i polsi dietro la schiena, così stretti che il legno della sedia le si conficcò nelle braccia. Frugando nella sua borsa, tirò fuori il telefono e lo scorse. «Dov'è il numero del fidanzatino?» chiese, senza aspettarsi apparentemente una risposta. «Ah, eccolo.» Premette il tasto di chiamata sul numero e glielo avvicinò all'orecchio. «Salutalo.»

Ben rispose al secondo squillo. «Ashley» gracchiò, sembrando sollevato. Lei ricordò con una dolorosa torsione al petto che erano in crisi e che non gli aveva risposto al telefono. Le lacrime di rammarico le bruciarono gli occhi.

«Ben—»

Sandoval le prese il telefono e disse qualcosa in spagnolo.

«Ben, non venire, è una trappola» urlò. Sandoval la colpì con il dorso della mano, facendole sbattere la testa all'indietro. Sentì il sapore del sangue mentre il dolore le esplodeva in bocca, mascella e collo. «Non venire» ripeté, mentre Sandoval si allontanava con il telefono, continuando a parlare.

* * *

Sandoval aveva Ashley. La vista di Ben si era offuscata, i sensi erano acuti come rasoi. Gli ci vollero solo tre secondi per decidere cosa fare. Chiamò Zolla mentre guidava verso l'indirizzo che Sandoval gli aveva dato.

«Sei pazzo?» chiese Zolla. «Non puoi entrare lì da solo, non ne uscirai vivo. Dimmi dove e ti raggiungo.»

«No. Ci andrò da solo e disarmato, come mi è stato ordinato. Non metterò a rischio la pelle di Ashley.» Riattaccò prima che Zolla potesse iniziare le sue argomentazioni e premette il piede sull'acceleratore.

Si fermò all'indirizzo indicato e scese dall'auto. Per una volta, la sua mente era perfettamente lucida per quanto riguardava Ashley. Una strana pace si era posata intorno a lui come un mantello, dandogli un sereno senso di potere. Andò alla porta e bussò.

Le tende si mossero e un'ombra passò davanti allo spioncino della porta. Si aprì di una fessura e ne emerse il calcio di una pistola. «*Pásale.*»

Entrò e aspettò con le mani sulla testa di venire perquisito. Due delinquenti del branco di Sandoval lo affiancarono e lo condussero in soggiorno, dove la sua donna era legata a una sedia. Vederla in quello stato, con la faccia contusa, gli occhi spalancati in un viso pallido, gli fece quasi perdere la calma determinazione.

«Ben» sussurrò. «Ti avevo detto di non venire.»

«Andrà tutto bene, Ashley» promise. Con le mani ancora sulla testa, si fece avanti e cadde in ginocchio davanti a Sandoval.

La nemesi di suo padre arricciò il labbro, gli occhi gli brillavano di soddisfazione.

«Prendi me» disse. «Vendicati, il Signore sa quanto te lo meriti. Ma lascia andare lei.»

Il volto di Sandoval si aprì in un brutto sorriso. «Guarda qui, Rodrigo, sta già implorando, e non abbiamo ancora iniziato.»

Un po' della lucidità di Ben si incrinò. Scosse la testa, tenendo le mani incollate. «Non devi provare niente» disse al signore della droga. «So che hai subito un torto. Ho sentito cosa è successo alla tua famiglia» disse, riferendosi alla morte della moglie e delle figlie di Sandoval. «Se potessi cambiare il modo in cui sono andate le cose, lo farei. Cambierei molte delle malefatte di mio padre.»

Sandoval sembrava arrabbiato ora, come se il solo accenno a Tomás Solís lo facesse infuriare.

Ben si lanciò in avanti prima che Sandoval lo fermasse. «Per quel che vale, penso che sia stato un incidente, che tu fossi il bersaglio designato, ma onestamente non ne sono sicuro. Mio padre era un vero stronzo. Ti voleva fuori dai giochi e ha preso la strada della codardia invece di sfidarti e basta. Ha perso il suo onore e non sono orgoglioso di essere suo figlio.» I suoi occhi si spostarono oltre Sandoval e sul figlio, che sedeva accanto a lui. «Non sono venuto in suo aiuto quando mi ha richiamato per combattere contro di te. Ma mi offrirò ora. Non fare del male ad Ashley. Lei non c'entra niente con questo.»

Il sorriso di Sandoval svanì e guardò Ben con uno sguardo socchiuso. Suo figlio sembrava a disagio.

Ben avrebbe fatto appello all'onore di Sandoval, se non fosse stato che l'uomo che aveva ancora meno scrupoli di suo padre. Guardò Ashley, che aveva le lacrime che le rigavano il viso. Scosse la testa, come se cercasse di comunicargli che non ci si poteva fidare di Sandoval.

Sandoval si alzò e si diresse verso di lui. «Ho perso mia moglie ed entrambe le mie figlie per colpa tua» disse.

«Non mia» disse Ben. «Non ero nemmeno nel Paese. Non ne sapevo niente.»

Sandoval gli puntò contro un dito tremante. «Avresti dovuto fermarlo» urlò.

Ben chiuse gli occhi. La sanità mentale di Sandoval sembrava scivolare via, il che non prometteva nulla di buono per il suo piano di sacrificarsi per salvare Ashley. «Hai ragione» disse. «Avrei dovuto. Se lo avessi saputo, l'avrei fatto» disse, anche se era una bugia. Non aveva mai tenuto testa a suo padre, era solo scappato dal genitore violento e autoritario. Sandoval si avvicinò ad Ashley e tagliò il nastro dalle sue caviglie, tirandola in piedi.

Si irrigidì.

«Voglio che tu soffra come ho sofferto io. Come hanno sofferto Mia, Sofi e Ana.» Chinò Ashley sul tavolo e le sollevò la gonna.

Ben si irrigidì, la sua vista cambiò, un ruggito nelle orecchie.

Come da lontano, sentì Sandoval dire «Starai a guardare mentre ognuno di noi fa quello che vuole con la tua donna e poi la guarderai morire.»

Ben mutò prima che Sandoval avesse finito di parlare, lanciandosi alla sua gola. Sandoval sparò un proiettile nella parte posteriore del polpaccio di Ashley e lei urlò. Due lupi intercettarono il lancio di Ben a mezz'aria e lo abbatterono, ringhiando.

«Fermati o è morta» urlò Sandoval, che puntò la pistola alla tempia di Ashley.

Un secondo colpo di pistola risuonò nello stesso momento in cui i vetri di ogni finestra della stanza si ruppero. Ben balzò ancora una volta verso Sandoval, ma giaceva già sul pavimento in un confuso mucchio di sangue e corpi. Ashley era sotto di lui, che urlava. I lupi volavano dentro dalle finestre, ringhiando e attaccando il branco sudamericano. Riconobbe Zolla e Mark, Stanley e altri.

Strappò via Sandoval da sopra Ashley e lo trovò morto, colpito alla nuca. Accovacciato su Ashley per proteggerla, scoprì i denti e ringhiò, ma non arrivò nessuna minaccia. Sebbene le mascelle stessero ancora schioccando e i corpi ancora si stessero azzuffando, il branco di Denver aveva preso il controllo. Pochi istanti dopo, sottomisero i lupi sudamericani rimasti a piagnucolare e a nascondere la coda.

Piagnucolò e leccò il viso insanguinato di Ashley. Lei allontanò il viso da lui, ma non sembrava del tutto cosciente. Il cuore gli batteva in gola.

I lupi intorno a lui iniziarono a tornare alla forma umana. Si rese vagamente conto che Mark stava prendendo in mano la scena, segnalando l'accaduto alle forze dell'ordine e richiedendo l'arrivo di un'ambulanza, mentre le sirene risuonavano in lontananza.

Anche Ben mutò, sbattendo le palpebre per vedere Ashley. Era ricoperta di sangue e non riusciva a capire quanto fosse suo e quanto di Sandoval. Lei aprì gli occhi, ma il suo viso era pallido. «Ashley, oh, Dio. Dove sei stata colpita?»

«Non strapparmi i vestiti di dosso» disse con un debole sorriso. «È solo la gamba. Starò bene.»

La prese in braccio e la strinse forte al petto, cullandola come una bambina.

«Porta via il branco da qui» disse Mark a Stanley.

«Tutti fuori» abbaiò Stanley e il suo branco si spostò, sgattaiolando fuori da porte e finestre, scomparendo prima che arrivasse la polizia. Anche i lupi sudamericani scomparvero e Mark li lasciò andare. Quando si trattava di gestire le forze dell'ordine umane, i lupi preferivano gestire le cose da soli.

Mark e Zolla avevano già indossato dei vestiti. I suoi erano strappati e aggrovigliati attorno al suo corpo da quando era mutato con i vestiti ancora addosso. Zolla gli porse un paio di pantaloni e prese Ashley dalle sue braccia mentre glieli tirava addosso.

«Come hai trovato questo posto? Non ti ho dato l'indirizzo.»

«Ho rintracciato la posizione sul telefono di Ashley» disse.

Riprese Ashley tra le sue braccia. «Grazie» disse con voce strozzata.

Mark si guardò intorno alle finestre rotte e alle macchie di sangue su tutto il pavimento. «Questa sarà dura da spiegare.»

Il corpo di Ashley aveva iniziato a tremare mentre lo shock si faceva sentire. Il suo viso era diventato ancora più pallido e sembrava stesse perdendo conoscenza.

«Ashley!» gridò.

«Ascoltatemi» disse bruscamente Mark. «Ashley è stata rapita per attirare Ben. È venuto, ma prima ha avvisato Zolla, che mi ha chiamato. Quando sono arrivato, era scoppiata una rissa tra i sudamericani: alcuni stavano combattendo per aiutare Ben, altri contro. Le finestre si sono rotte nel frattempo. Ho sparato a Sandoval dopo che lui aveva sparato ad Ashley, e gli altri sono scappati. Chiaro?»

«Sì, okay» disse, con il cuore che gli si stringeva mentre guardava le palpebre di Ashley chiudersi di nuovo. La polizia e l'ambulanza arrivarono nello stesso momento e lui corse fuori, portando Ashley ancora premuta contro il suo petto.

«Whoa, whoa, whoa. Non muovere mai la vittima. Mettila lì» gracchiò uno degli infermieri, indicando l'erba.

«No» disse con voce dura, camminando dritto verso il retro dell'ambulanza e facendo un passo avanti per adagiarla sulla barella. «Dovete aiutarla, subito» disse.

«Ci prenderemo cura di lei» le assicurò uno di loro.

«Signore, si allontani da lei, per favore» disse un poliziotto, con la pistola in mano.

Mark apparve al suo fianco, con il distintivo dell'FBI in bella mostra e gli prese il gomito, portandolo via. Quando Ben lo scosse via, Mark disse a bassa voce: «Tieni duro, Stone. Sarà già abbastanza complicato così com'è.»

* * *

Il chirurgo entrò e le rivolse un caldo sorriso. «Beh, sei una ragazza fortunata» disse. «Le tue radiografie iniziali hanno mostrato una frattura grave, ma quando siamo andati lì per rimettere insieme l'osso, ho trovato solo delle incrinature sottili. Quindi non ti abbiamo messo nessuna placca o ferro. Il proiettile è fuori e dovrai tenere questo gesso duro per sei settimane, seguito da un gesso morbido per altre quattro» disse, battendo le nocche sul gesso del suo piede.

«Cosa? Nessun colore?» scherzò. «Lo volevo rosa.»

Lui le sorrise. «Potrei aggiungere uno strato di rosa solo per te.»

Gli rivolse un debole sorriso. «Grazie.»

«La polizia vuole parlare con te e tua sorella è qui. C'è anche un uomo molto ansioso che afferma di essere il tuo fidanzato» disse con un occhiolino.

«Quando posso uscire da qui?» chiese, facendo oscillare le gambe oltre il bordo del letto. «Posso firmare le tue dimissioni subito. Ma penso che la polizia vorrà la tua dichiarazione prima che tu possa andartene.»

«Posso vedere prima Ben?»

«Non vedo perché no» disse, annuendo al tecnico medico in piedi dietro di lui. Annuì in risposta e se ne andò, tornando con Ben.

Ben arrivò ma si fermò proprio sulla porta, con aria insicura. Si ricordò di come erano finite le cose l'ultima volta tra loro e la sua mano volò alle ferite sulla spalla, che erano quasi guarite. Lo aveva perdonato, ma non aveva intenzione di lasciar perdere senza chiarire i suoi sentimenti.

Si alzò in piedi e marciò verso di lui. «Non sparire» disse, schiaffeggiandogli il petto, «da me...» gli colpì la spalla «mai più» disse, spingendo e urtando la sua figura immobile. «Non puoi andartene via da me ogni volta che le cose si mettono male» disse, colpendogli il petto ancora e ancora.

Le sue mani le circondarono la vita, immobilizzandole i fianchi, accarezzandola delicatamente. «Non lo farò. Non lo farò» mormorò.

La mancanza di reazione alla sua sfuriata le fece pensare che non la stesse prendendo sul serio, così ritrasse la mano e gli diede uno schiaffo, ricordando troppo tardi il modo in cui i lupi ristabiliscono il predominio.

Questa volta, però, non ricevette alcuna reazione alfa. Lui la guardò semplicemente con un'espressione sofferente.

«Perché mi hai lasciata?» chiese, mentre gli occhi le si riempivano improvvisamente di lacrime.

Con suo grande stupore, pensò di aver visto i suoi occhi diventare lucidi prima che iniziasse a sbattere rapidamente le palpebre. «Mi dispiace di averti fatto male, Ash. Non l'ho mai voluto.» Scosse la testa come se fosse disgustato da sé stesso. «Volevo solo proteggerti, ma, come al solito, ho rovinato tutto.»

Lei deglutì. «Continui a respingermi» disse con la voce rotta.

Ben la sollevò tra le sue braccia e andò al letto, dove si sedette, tenendola cullata sulle sue ginocchia. «Significa che mi vuoi?» chiese dolcemente.

Trattenne un sorriso mentre una lacrima le rigava la guancia. «Ci penserò.»

Le morse l'orecchio. «Non sono sicuro che tu capisca come funzionano le cose qui» disse, la sua voce era un profondo brontolio provocatorio che le fece arricciare le dita dei piedi. «Ora sei mia. Ti ho rivendicata. Ciò significa che non ti libererai mai di me, quindi ti suggerisco di abituarti all'idea.» Si allontanò, con aria seria. «Spero che tu riesca a sopportarmi. So che sono un gran pezzo di stronzo, ma ti prometto che farò tutto il possibile per renderti felice. Sei tutto ciò che conta per me. Lo dico sul serio.»

Inspiegabilmente, scoppiò a piangere, tutte le sue emozioni represse traboccarono.

Ben sembrò allarmato. «Mi dispiace tanto, Ashley. Non posso annullare il tuo marchio, ma se la cosa che ti rende più felice è liberarti di me, farò del mio meglio per starti lontano» disse, con aria nauseata dal pensiero.

Lei rise tra le lacrime. «Stupido lupo» disse, avvolgendogli le braccia attorno al collo e nascondendoci il viso. «Non voglio liberarmi di te.» Gli baciò la mascella, poi le labbra quando lui si voltò e le afferrò la nuca, il suo sguardo preoccupato si trasformò in famelico. Lei si allontanò. «Ho bisogno di avere di più di te, non di meno. Puoi darmelo?»

Lui incrociò il suo sguardo. «Ti darò tutto» disse con la solennità di un giuramento. Lei rise e pianse altre lacrime, che Ben strofinò via con un pollice e un bacio. «Dolce angelo. Sei entrata nella mia vita come una tempesta. Come ho potuto non capire che l'unica cosa che mi mancava eri tu?»

Capitolo undici

Per miracolo, la polizia sembrò soddisfatta della storia che Mark aveva raccontato. Non guastava che Sandoval fosse un noto signore della droga e la DEA fosse entusiasta di averlo tolto di mezzo. Ben temeva che la cosa lo avrebbe fatto inserire nella loro lista di controllo come contatto, ma poiché non aveva nulla a che fare con la droga o lo spaccio, sperava che non avrebbe portato a nulla.

Accompagnò Ashley a casa sua. «Resta lì, ti aiuterò io» disse quando lei fece per aprire la portiera della macchina.

Lo ignorò e spinse la portiera mentre lui faceva il giro, saltellando su un piede mentre tirava fuori le stampelle dal sedile posteriore.

«Ho detto di restare lì» disse lui, prendendole dalle sue mani.

«Bau» disse lei.

Il suo cuore sussultò, ricordando i loro primi giorni insieme, il modo in cui lei aveva illuminato la sua oscurità, il suo sorriso che stava rapidamente diventando qualcosa da attendere con ansia, la sua presenza che lo stabilizzava.

La prese in braccio, portandola dentro. «È il mio lavoro prendermi cura di te, bambina, e mi aspetto la tua collaborazione.»

«Devo imparare a camminare con queste cose prima o poi» disse.

«Non quando ci sono io» disse lui con fermezza. «E se hai bisogno di un promemoria di come ci si sente a stare sulle mie ginocchia, non esiterò a dartelo.»

Ashley si dimenò e il suo corpo si scaldò tra le sue braccia. L'idea di sculacciarla improvvisamente gli piacque, non perché volesse darle una lezione, ma perché sapeva che la eccitava.

Chiuse la porta alle sue spalle e la portò in camera da letto dove la adagiò sul letto.

«Quindi è così che sarà con te?» chiese.

«Cosa?»

«Si fa come dici tu o ricevo sculacciate?»

Sorrise, sistemando dei cuscini sotto il ginocchio della sua gamba ferita. «Sì, più o meno.»

«Quindi cosa succede quando sono io ad essere arrabbiata con te? Penso che tu ti meriti una sculacciata per avermi morsa e poi essertene andato via.»

Sorrise e si girò per mettersi accanto al letto, presentando il culo verso di lei. «Fai pure.»

Gli diede uno schiaffo. «Ahia» disse, scuotendo la mano come se le facesse male.

Rise.

«No, davvero, non è giusto. Cosa fa una lupa per punire il suo compagno?»

Si sedette accanto a lei, scostandole una ciocca di capelli color mogano dal viso. «Tutto quello che devi fare è piangere» disse dolcemente. «L'odore delle tue lacrime mi farà cadere in ginocchio.»

Lei lo studiò, come se cercasse di capire se stesse scherzando o no. «Quindi, se voglio porre fine a una serie di sculacciate, tutto quello che devo fare è piangere?» chiese. «Perché non ci ho provato l'ultima volta?»

Le accarezzò la guancia. «Non so se la finirei, ma sarebbe molto difficile per me. Tienilo a mente quando sei cattiva, signorina.»

«È per questo che sembravi così turbato l'ultima volta?»

Annuì. «Non voglio farti male» disse seriamente. «Mi uccide vederti piangere.»

Curvò le labbra in un sorriso sensuale. «Non lo so... Penso che ci siano state alcune volte in cui ti è piaciuta un po' la cosa delle sculacciate» disse. Le balzò addosso, reclamando la sua bocca mentre una mano si occupava dei bottoni della camicetta. «Mi sembrava che piacesse a te» le disse tra un bacio e l'altro.

«Forse dovremmo provare per vedere» disse lei, mordendogli il labbro.

L'animale in lui sussultò di piacere per il dolore. Ringhiò e le aprì la camicetta, facendo saltare il resto dei bottoni.

«Mi hai distrutto due camicette» si lamentò, anche se il suo sorriso era ferino.

«Penso che il sangue le avesse già rovinate entrambe prima che ci arrivassi io» disse. Posò gli occhi sui brutti tagli sulla parte anteriore della sua spalla e deglutì. Ci passò sopra un dito, sorpreso che le ferite fossero già chiuse. Sembravano vecchie di due settimane, non di più o meno trentasei ore.

«Non te l'ha detto Zolla?» chiese. «Pensa che io abbia sangue di lupo in me ed è per questo che sono guarite così in fretta.»

Un'ondata di riconoscimento gli attraversò il corpo. Sì.

Aveva senso che avesse sangue di lupo. Perché altrimenti sarebbe stato così attratto da lei? Abbassò la testa e baciò i segni con reverenza. «La mia piccola lupacchiotta» mormorò. «Come può essere?»

«Penso che riguardi mio nonno, mio padre non ha mai conosciuto suo padre e mia nonna non ha mai detto chi fosse.»

«Tuo padre non sé mai mutato?»

«Non credo proprio. Ma è sempre stato molto protettivo nei confronti delle sue ragazze, come lo sei tu» disse, toccandogli il viso.

Si sporse e la baciò, facendo del suo meglio per accarezzarla con le labbra, invece di aggredirla. Non era mai stato uno che "faceva l'amore", non era una cosa da lupi, ma per lei, per la sua Ashley, ci avrebbe provato. Le fece scivolare il reggiseno sulle spalle, baciandole la clavicola. Il suo profumo gli riempì le narici, inebriandolo. Scivolando con il corpo sul suo, le passò il pollice delicatamente sul capezzolo duro, baciandole la gola. Lei gli infilò le dita tra i capelli e si inarcò contro il suo tocco. La pelle era incredibilmente morbida, il corpo snello e agile sotto di lui.

«Sei bellissima» sussurrò con voce roca.

«Sei un fottuto Dio» rispose lei.

Ridacchiò. «Il linguaggio, tesoro» la ammonì, facendole schioccare la lingua nell'orecchio e mordicchiandole il lobo. Le aveva tolto il reggiseno e alzato la gonna, e il suo indice le accarezzava il tassello di seta inumidito delle mutandine.

«Cazzo, cazzo, cazzo» osò, sollevando il mento come una bambina insolente.

Lui ridacchiò e si sedette, a cavalcioni su di lei, e fece finta di rimboccarsi le maniche. «Sei determinata a farti scaldare il sedere da me stasera, non è vero?»

Le incupì lo sguardo e si dimenò sotto di lui. L'odore della sua eccitazione gli raggiunse il naso come nettare.

Le inchiodò i polsi al letto accanto alla testa. «Dove pensi di andare?» disse con voce strascicata.

Ridacchiò. La guardò negli occhi e sollevò il suo peso da lei quel tanto che bastava per farla rotolare sulla pancia. «Abbassati le mutandine, Ashley» mormorò, liberandole i polsi e scendendo da lei.

Esitò.

Aspettò.

Voltando la testa per guardarlo, sollevò il sedere in aria e allungò entrambe le mani, facendo scivolare le mutandine fino alle cosce.

«Brava ragazza.» Afferrò il cuscino dal letto. «Solleva di nuovo i fianchi» ordinò, e le fece scivolare il cuscino sotto il bacino quando obbedì. Le passò una mano sulle curve nude, facendo del suo meglio per ignorare il gesso sulla gamba che gli urlava di trattarla come se fosse fragile. Si concentrò invece sullo splendido sedere, sollevato e presentato per il suo castigo e sul cazzo spinto dolorosamente contro i suoi pantaloni.

Abbassò il palmo, guardando la natica appiattirsi e rimbalzare indietro. Le diede una pacca sull'altro lato, aspettando che le impronte rosse delle sue dita risaltassero sulla pelle lattea. Mosse il culo per averne ancora. Lui trattenne un gemito. Sapere che desiderava ardentemente il suo dominio gli fece attraversare il corpo da una scarica di pura lussuria. I lupi erano nati per dominare, almeno i lupi alfa. Avere una femmina che si offriva come faceva Ashley alimentava una fonte interiore di potere virile.

«Penso che dovrei darti delle sculacciate regolari» disse, schiaffeggiandole un lato del culo, poi l'altro. «Non posso permetterti di comportarti male solo per guadagnarti una punizione.»

Lei gemette sfacciatamente.

Accelerò il ritmo, sculacciandola un po' più forte mentre si concentrava sullo schiaffeggiare la parte bassa delle natiche, appena sopra la sua dolce piccola figa.

«Oh!» ansimò.

«Mi aspetto la tua obbedienza immediata e il tuo completo rispetto, o passerai tutto il tempo in un angolo con le mutandine abbassate e un fondoschiena rosso acceso in mostra.»

Ashley emise un verso lamentoso, come se stesse per venire. Si chiese se avrebbe potuto portarla all'orgasmo solo con delle sculacciate. Aumentò un po' di più l'intensità, continuando a sculacciarla proprio sul suo sesso.

Strinse le dita sulle lenzuola e sollevò la testa, emettendo un grido gutturale più e più volte. «Strofinati il clitoride, Ashley» ordinò con voce roca.

All'inizio non sembrò capire, ma lui non interruppe le sculacciate, continuando a colpirla con un ritmo costante. Dopo un momento, infilò una mano tra il bacino e i cuscini e venne immediatamente. Contrasse il sedere, le gambe si raddrizzarono mentre si inarcava.

Lui fece scivolare la mano sotto di lei e spinse via la sua, facendo vibrare il polpastrello del dito sul suo nodulo sensibile.

Lei espresse il suo rilascio con un grido di piacere più forte, spingendogli la mano mentre veniva. Niente poteva essere più inebriante che soddisfare la sua femmina.

«Bella ragazza» mormorò. Le accarezzò le guance accese, poi le fece scivolare le dita tra le gambe e le accarezzò la fica gonfia e bagnata.

La prima volta l'aveva avuta da dietro. Questa volta

voleva vederle il viso. Si sfilò i vestiti e prese un preservativo dal portafoglio. Girandola sulla schiena, tirò fuori il cuscino e le si arrampicò sopra.

Gli prese il preservativo dalla mano, strappò la pellicola e gli fece rotolare la gomma sul cazzo. Lui si posizionò direttamente sopra la fessura color miele, il suo calore pulsava contro l'organo sensibile. Lei mosse i fianchi e si chinò per guidarlo dentro.

Spinse lentamente, assaporando il momento dell'ingresso e l'effetto vertiginoso delle pareti della vagina che gli abbracciavano la virilità come un guanto. Strinse le dita sulle sue spalle e lui si fermò, dandole la possibilità di abituarsi alle sue dimensioni. Dopo un attimo, lei iniziò a muoversi, sollevando i fianchi per prenderlo più a fondo.

«Ecco, tesoro» mormorò, ignorando il desiderio del suo corpo di celebrare la loro unione e di martellarla senza pietà.

Lei si inarcò, emettendo dolci piccoli gemiti ogni volta che lui la colpiva. Sollevò le gambe in aria e gli avvolse le caviglie dietro la schiena, usandole per tirarlo ancora più in profondità, sollevando il bacino per incontrarlo.

«Oh, Dio» gemette Ben. «Non ce la farò a resistere a questo ritmo.»

Ashley chiuse gli occhi, i capelli sparsi sul cuscino mentre la testa scivolava su e giù con la forza delle sue spinte. Gli afferrò le braccia, gli affondò le unghie nella carne e spinse ancora più forte per andargli incontro. «Dammelo.»

«Cosa? *Oh, Dio...*» Lui la investì, perdendo ogni capacità di regolare il suo bisogno. Usando una mano sulla spalla per tenerla ferma, spinse più e più volte finché le luci non gli esplosero davanti agli occhi e venne, gridando il suo nome.

* * *

Anche se il suo letto fosse stato in fiamme, Ashley non avrebbe potuto muoversi. Ogni muscolo si era indebolito in seguito al suo orgasmo. La figa pulsava ancora per l'invasione di Ben, si era allargata e punita con il suo sesso duro. Persino le sue viscere si sentivano martellate, ma adorava quella sensazione, desiderava assaporare ancora la sensazione di essere così usata, così tanto sua.

Si allontanò da lei e si sistemò al suo fianco, tirandola contro di sé. «Stai bene?»

«Mmm» fu tutto quello che riuscì a dire.

«Come sta la gamba? Ti ho fatto male?»

«Shh» disse, toccandogli le labbra. «Sto bene. Sto più che bene; sto benissimo.»

«Ti amo» disse lui.

Lei smise di respirare.

Sembrò incerto. «Probabilmente sembra troppo presto per dire una cosa del genere, ma è la verità. I lupi sono diversi. Riconosciamo le nostre compagne quasi dal momento in cui li incontriamo.»

Lei tracciò la linea della sua fronte. «Significa che è destino? O sorte? Voglio dire, pensate di avere una sola compagna?»

Scrollò le spalle. «Sì, suppongo di sì. Voglio dire, non tutti i lupi si accoppiano per la vita, ma la maggior parte sì. Dovrebbe essere piuttosto brutto dire basta.» Aggrottò la fronte, perso nei suoi pensieri.

«Cosa c'è?»

Deglutì. «Stavo solo pensando a mia madre.»

«Pensi che abbia scelto la morte piuttosto che divorziare da tuo padre?»

Annuì. «Il divorzio non sarebbe mai stato un'opzione con mio padre. Le avrebbe dato la caccia fino ai confini del mondo. Era più una proprietà che una compagna. Lo eravamo tutti.»

«Cosa è successo tra tuo padre e quel tizio?»

Il viso di Ben si fece di pietra, come se il ricordo del suo rapimento lo facesse arrabbiare.

Gli accarezzò la guancia.

«Sandoval guidava un branco rivale di quello mio padre a Caracas. Era un signore della droga, ricco sfondato, e diventava ogni giorno più potente. Mio padre avvertì la minaccia di un'acquisizione e mi convocò a Caracas per stare al suo fianco in una lotta. Leon si era trasferito negli Stati Uniti e aveva avuto successo, quindi non era previsto che tornasse. L'idea era sempre stata che avrei ereditato io la leadership del branco di mio padre, quindi aveva senso che andassi io, ma ignorai la convocazione.

Seguirono delle minacce: Sandoval lanciò una sfida, che mio padre ignorò. Quando non mi presentai, mio padre si comportò da codardo e pianificò l'omicidio di Sandoval. Mise una bomba nella sua limousine, solo che esplose con sua moglie e le sue figlie dentro.

«Rendendosi conto che la situazione stava per precipitare, mio padre mi richiamò di nuovo, questa volta disperato. Mi sono reso non disponibile, semplicemente non ho risposto alle sue chiamate o ai suoi messaggi. Al suo posto è andato Leon e Sandoval li ha uccisi entrambi.» La bocca di Ben si contorse in un'espressione amara.

«Ben» disse «le loro morti non sono colpa tua o una tua responsabilità. Hai scelto di non impegnarti in una lotta che non era tua e mancava di onore. Tuo fratello ha fatto una scelta diversa, che era un suo diritto. Non ha nulla a che fare con te.»

«Sì, invece» disse Ben, la rabbia sul suo viso la fece irrigidire. «Se fossi andato, Leon non avrebbe mai dovuto fare quella scelta.»

«Non è vero. Avrebbe potuto prendere la stessa decisione che hai preso tu. E se tu fossi andato, avrebbe potuto comunque scegliere di andare anche lui. Era un uomo indipendente, non l'hai costretto a fare niente.»

Gli occhi di Ben diventarono rossi e cadde sulla schiena, fissando il soffitto. «Ben, ognuno di noi è responsabile del proprio destino. Tu sei un alfa. Un uomo che segue la propria guida e sceglie la propria strada. Hai fatto la scelta giusta. E se non l'avessi fatta... allora potresti non essere qui oggi e noi non ci saremmo mai incontrati.»

Ben si voltò indietro per guardarla, soffocandola con un bacio. «Tu sei il mio destino» disse, con un tono soffocato. «Dopo Leon...» Si interruppe e deglutì. «Non potevo sopportare di essere sopravvissuto io e lui no. Era lui l'uomo migliore. Aveva una moglie e dei figli, un'azienda di successo, un branco che dipendeva dalla sua leadership. Io non avevo niente, non ero niente. Avrei dato qualsiasi cosa per prendere il suo posto, per dare la mia vita affinché lui potesse restare.» Una lacrima sfuggì da uno degli occhi di Ben e gli rotolò lungo il naso. «Ma forse... forse hai ragione. Forse avevo un destino che semplicemente non riuscivo a vedere in quel momento.» Si asciugò la guancia bagnata. «Un futuro con te. ... Se hai bisogno di un anello al dito per crederci, ti comprerò il diamante più grande del mondo, ma è meglio che ti prepari: non me ne vado.»

«Intendi dire che devo preparare la mia casa o la mia vita?» lo canzonò.

«Hmm, è una bella domanda. Devo trasferirmi qui con te o vuoi trasferirti tu da me?»

Il cuore le batté in modo irregolare. Lui lo pensava

davvero, voleva davvero che andassero a vivere insieme. «Beh... probabilmente casa tua è molto più bella» disse.

Sorrise. «In realtà, no. È solo uno stupido appartamento con un arredamento essenziale.»

Lei inclinò la testa. Perché un multimilionario viveva con l'essenziale? «Ti stavi punendo?»

Scrollò le spalle. «Non mi sentivo a mio agio a spendere i soldi di Leon.»

«La moglie di Leon non ha ereditato i suoi soldi?»

«Sì, intendo il mio stipendio alla Stone.»

«Quelli non sono soldi di Leon, sono il tuo stipendio, per il tuo lavoro, idiota.»

«Oh oh» disse Ben, facendola rotolare sulla pancia e bloccandola con una mano in mezzo alla parte superiore della schiena. Le sferrò una raffica di colpi pungenti sul sedere ancora dolorante, facendole girare la pancia come un pancake.

Dio, amava il suo dominio. «Regola numero uno, piccola lupacchiotta. Non chiamarmi mai con queste parole.» Le assestò altre cinque sculacciate, che la lasciarono gemere. «Puoi chiamarmi *signore, padrone* o *signor Stone*.»

La parola *padrone* le fece stringere la figa. Le sarebbe piaciuto servire Ben Stone come sua schiava sessuale personale.

Lui le si arrampicò addosso. «Allarga le gambe» le mormorò all'orecchio.

Aprì le cosce e il cazzo le si tuffò dritto nella figa, senza alcuna guida.

Trattenne il respiro per il bruciore.

«Sei dolorante, dolcezza?» chiese.

Esitò. Le faceva male, ma voleva che continuasse. «No.»

Le afferrò una ciocca di capelli e le tirò indietro la testa, ringhiandole all'orecchio, «Era una bugia?»

La figa sgorgò. «Per favore, non fermarti» sussurrò.

Ridacchiò. «Potrei farlo tutta la notte se non stai attenta.» I suoi muscoli si serrarono sul cazzo in un mini-orgasmo. «Non ti fermerò» ansimò quando riuscì di nuovo a respirare.

«Troviamo un nuovo posto dove vivere, insieme» disse lui mentre scivolava dentro e fuori da lei.

La beatitudine la travolse a ondate, molto prima che lui le facesse scivolare la mano sotto e le stuzzicasse il clitoride per scatenare un altro orgasmo sconvolgente.

Capitolo dodici

rrivò al magazzino e spense il motore. Vide sia le auto di Zolla che quelle di Mark nel parcheggio, che era pieno di auto e moto. Almeno aveva due amici lì dentro. Aveva chiamato Stanley e chiesto un incontro con il branco.

Aveva portato Ashley, senza gesso questa volta. Era la sua compagna, quindi se stava per far parte di quel branco, avrebbero dovuto abituarsi a lei. Averla con sé gli dava forza. La sua sola presenza gli faceva desiderare di essere un uomo, mentre prima aveva abbassato la testa.

Entrarono e sebbene il rumore delle conversazioni non fosse diminuito, percepì l'attenzione della maggior parte dei lupi su di lui. C'erano tutti, sia lupi maschi che femmine. Vide Shayla dall'altra parte della stanza e visse un momento di incertezza. Come si sarebbe sentita se avesse preso il posto di Leon? Dio sapeva che non era nemmeno la metà del lupo che Leon era stato. Lei gli rivolse un piccolo sorriso e sollevò le dita in un cenno.

Ricambiò il saluto. Zolla si fece avanti, la sua corporatura nervosa lo faceva sembrare quasi un adolescente in confronto ai lupi muscolosi che lo circondavano, non che la forma umana fosse necessariamente correlata alle dimensioni del lupo. Si tirò su gli occhiali sul naso e sorrise, tendendo la mano.

Ben gli afferrò il palmo. «Grazie per essere venuto. Spero che non sia stato imbarazzante» disse, chiedendosi se qualcuno lo avesse preso in giro perché aveva lasciato il branco.

Zolla scrollò le spalle. «Non mi interessa» disse. «Ehi, Ashley.»

Ashley si avvicinò per abbracciarlo e Ben fu sorpreso di scoprire che non sentiva il bisogno di dare un calcio sui denti del lupo. Forse marchiarla aveva attenuato un po' l'aggressività maschile che lo aveva controllato dal momento in cui l'aveva vista per la prima volta. O forse era stata la sua squisita resa la sera prima.

«Come sta la tua gamba?»

Sorrise. «Il dottore ha detto che è stato miracoloso: l'osso non aveva bisogno della ricostruzione che le prime radiografie avevano mostrato essere necessaria.»

«Hai dei buoni geni» disse Zolla facendo l'occhiolino.

Ben fece scivolare un braccio attorno alla vita di Ashley e se la tirò contro il fianco.

Stanley si avvicinò e gli strinse la mano. «Puoi parlare quando vuoi. Vuoi che ti presenti?»

«No, non serve» disse Ben, mettendosi due dita sulle labbra per fischiare. La stanza cadde nel silenzio.

«Fratelli, sorelle» disse. «Grazie a tutti per essere venuti stasera. Sono qui per ringraziarvi per essere stati al mio fianco ieri, per aver messo in gioco la vita e aver rischiato il collo per un tizio che non ha offerto nulla a questo branco. Non meritavo quello che avete fatto per me.»

Nessuno parlò.

«Non ho partecipato alla vita del branco come avrei dovuto. So di aver deluso voi e Leon.» I suoi occhi cercarono Shayla e la trovò tra la folla. Lei gli rivolse un piccolo sorriso incoraggiante. «Voglio che sappiate che da ora in poi ci sono, se mi volete. Sarei onorato di essere vostro fratello e di servire in qualsiasi modo mi venga chiesto.»

La stanza cadde nel silenzio.

«E se ti chiedessero di essere l'alfa?» chiese Stanley.

Tutti i lupi lo fissarono, in attesa. Vide un'espressione di sfida in alcuni dei loro occhi. Incrociò il loro sguardo dritto fino a quando uno dopo l'altro, caddero. Non riusciva a immaginare perché lo volessero come loro capo. Non aveva dimostrato di avere la capacità di guidare. Certo, era il lupo più grande e forte, ma questo non significava che avesse la capacità di guidarli. Zolla gli fece un cenno di incoraggiamento. Per qualche ragione, il lupo omega credeva in lui. E la sua amicizia aveva salvato la sua vita e quella di Ashley il giorno prima.

Chinò la testa. «Servirò in qualsiasi modo mi verrà chiesto, per il bene del branco.»

«La leadership richiede sacrificio» disse Stanley dopo un altro lungo silenzio. «Ieri ho visto la tua volontà di sacrificarti per proteggere la tua compagna. Saresti disposto a offrire quel tipo di protezione al tuo branco?»

Osservò i volti dei membri del branco. Erano della sua specie, lupi che vivevano tra gli umani. Si prendevano cura l'uno dell'altro. Se non lo avessero fatto, avrebbero rischiato di rivelare il loro segreto al mondo, il che avrebbe potuto innescare la loro estinzione. Stanley aveva avuto ragione prima: i lupi solitari erano un danno per tutti. Aveva indebolito il branco stando lontano.

Deglutì. «Darei la vita per voi, individualmente e come un tutto» giurò solennemente.

Sentì un'ondata di approvazione, anche se nessuno parlava ancora.

«I lupi non sono democratici per natura» disse Stanley, «ma siamo americani, dopotutto. C'è qualcuno qui che si oppone al governo di questo alfa?»

Scrutò i volti. Alcuni lupi sembravano dubbiosi con le braccia incrociate sul petto, ma nessuno dissentì.

«Non ho alcuna pratica nel guidare un branco» disse, «ma prometto di dare il massimo.» Zolla si inginocchiò e chinò la testa, tenendo la mano stretta in un pugno in segno di rispetto per il loro alfa. Mark e Stanley si chinarono subito dopo. Anche Shayla lo fece e, stranamente, sfoggiava un sorriso quasi come quello che un genitore orgoglioso avrebbe potuto rivolgere al figlio neolaureato. Uno alla volta, i lupi caddero a terra ai suoi piedi, mostrandogli la loro sottomissione. Quando persino Ashley copiò il gesto, in equilibrio sulle sue stampelle, un brivido lo percorse, un segno della giustezza e dell'importanza del momento.

Con modestia, imitò il gesto, stringendo il pugno e chinando la testa. «È un onore» disse. «Farò del mio meglio per difendervi e servirvi come vostro capo e fratello lupo.» Abbassò la testa all'indietro e ululò in direzione della luna. L'intero branco si unì a lui, alzando la voce per mescolarsi alla sua, riempiendo l'edificio di metallo con il riverbero del loro canto unito.

Quando gli ululati si placarono, disse: «Tra un attimo mi occuperò di qualsiasi affare vecchio o nuovo, ma prima vorrei presentarvi la mia compagna.» Allungò la mano verso Ashley e la aiutò ad alzarsi in piedi. «Questa è Ashley. È in parte lupo e in parte la mia salvezza, la femmina che mi ha salvato dal mio lato peggiore. So che gli umani di solito non prendono parte a queste attività e so che è insolito che un alfa si accoppi con un'umana, ma spero che la accoglierete come fareste con una lupa purosangue.» Indurì lo sguardo mentre lo faceva scorrere sulla folla, mostrando loro un accenno di avvertimento in modo che capissero che stava dando loro un ordine, non una richiesta.

Strinse la mano di Ashley, percependo il suo nervosismo ma sapendo che avrebbe superato qualsiasi obiezione nei suoi confronti. Accidenti, lo aveva conquistato in circa cinque secondi netti.

«Qualcuno ha affari da discutere stasera, o possiamo passare direttamente al cibo?» chiese con un sorriso. Gli incontri dei mutaforma solitamente includevano un rinfresco alla fine, in cui si condivideva il cibo e si socializzava. Per questo incontro, aveva detto a Stanley che avrebbe fornito lui il cibo, che aveva fatto preparare da un ristorante messicano locale.

«Andiamo a mangiare» esclamò qualcuno.

Sorrise. «Va bene, il cibo è nella mia macchina. Se un paio di voi potessero darmi una mano, lo sistemiamo.»

Ashley stava già facendo oscillare le stampelle verso la porta. Lui le afferrò la vita e la tirò indietro. «Dove pensi di andare?»

«A prendere il cibo.»

«E come pensavi di trasportarlo, esattamente?»

Appoggiò le stampelle al muro. «Non credo di aver bisogno di queste cose» disse.

La fissò con uno sguardo severo e indicò il divano. «Siediti e non muoverti finché non vengo a prenderti o ti arrostisco il sedere.»

Sembrava che stesse per protestare, così la gettò sopra la spalla e la portò sul divano, dove la depositò.

«Resta qui» ordinò.

Lei sorrise, gli occhi azzurri le brillavano contro le guance arrossate. «Bau.»

Le fece l'occhiolino mentre si dirigeva verso la macchina dove diverse persone stavano già aspettando per aiutare a trasportare il cibo. Se la sbrigarono in fretta, portandolo dentro e sistemandolo su tavoli pieghevoli sul retro.

Shayla apparve al suo fianco. «Era ora» disse.

«Cosa?»

«Questo branco aspetta che tu tiri fuori la testa dal culo e prenda il comando da tre anni ormai» disse, con le mani sui fianchi.

Lui trattenne il respiro. «Non so come essere come Leon» disse, ammettendo la sua preoccupazione più grande.

Lei gli toccò il braccio. «Sarai come Ben» disse con un sorriso. «E questo sarà sufficiente.»

«Grazie» disse lui, sbalordito dal suo voto di fiducia.

«Leon sarebbe orgoglioso di te» disse. «Ha sempre detto che saresti stato bravo in qualsiasi cosa avessi deciso di fare.»

Ben sbatté le palpebre e si strofinò il naso mentre gli si offuscava la vista.

Shayla sollevò la guancia per il bacio latino-americano, poi gli avvolse le braccia intorno e lo abbracciò. «Sono felice per te, Ben.» Annuì verso Ashley. «È chiaramente meravigliosa.»

«Grazie, Shay. Lo apprezzo» disse. Il suo petto era così pieno e caldo che temeva potesse scoppiare. Tornò da Ashley, cosa che gli prese un po' di tempo, perché dovette fermarsi per ricevere i saluti di vari lupi lungo il percorso. Quando la raggiunse, la tirò su per farla stare in piedi e le avvolse le braccia intorno alla vita, baciandole la sommità della testa.

«Congratulazioni, alfa» disse.

Lui le prese la nuca e la inclinò all'indietro per baciarle le labbra. «Grazie per essere qui con me stasera.»

Lei premette il busto contro il suo, guardandolo negli

occhi con un amore che non meritava. «Grazie per avermi portata.»

* * *

Ben guidò verso il lavoro insieme la mattina dopo. Si sentiva quasi euforica all'idea di tornare in ufficio come sua compagna, anziché solo come sua assistente, anche se rabbrividiva al pensiero di cosa avrebbero detto tutti di lei. Ovviamente ci sarebbero stati dei commenti sul fatto che si fosse fatta strada fino in cima a letto. E se Ben si fosse deciso a fare dei cambiamenti, sarebbe stata incolpata per qualsiasi cosa impopolare.

Ben non l'aveva lasciata andare il giorno prima, insistendo che seguisse gli ordini del dottore, nonostante non sapesse delle sue proprietà curative da lupo. Ora, tutta l'eccitazione che provava per il fatto di lavorare per Ben Stone stava riaffiorando, intensificata piuttosto che attenuata dal fatto che erano intimi.

Ben aveva scelto il suo tailleur, dicendo che gli piaceva come le metteva in mostra le gambe. Il completo beige e attillato era composto da una giacca lunga e sottile e da una gonna corta e attillata. Gli aveva ricordato che aveva una gamba ingessata, quindi il suo aspetto non sarebbe stato lo stesso di quando l'aveva indossato la settimana prima, ma lui le aveva semplicemente dato una pacca sul sedere e le aveva detto di indossarlo.

«Allora, torniamo a 'Signor Stone' quando siamo in ufficio?» chiese, osservando il suo profilo mentre guidava.

Arricciò le labbra. «Sì.»

«Ah, e torniamo anche alle risposte monosillabiche?»

I suoi occhi scivolarono di lato e lui continuò a sorridere, ma non rispose.

«E alle non risposte.» Appoggiò la testa allo schienale del sedile e sospirò, mentre un'ondata di calore le percorreva tutto il corpo. Come poteva davvero protestare quando amava la severa personalità del signor Stone?

«Immagino che sia meglio tenere segreta la nostra relazione mentre siamo al lavoro?» chiese.

Ben la guardò, i suoi occhi verdi dalle ciglia scure la trafiggevano con la loro solita intensità. «Non sono affari di nessuno» disse.

«Lo so, e probabilmente non ci vorrà molto perché venga fuori se andiamo insieme, ma è meglio tenerlo per noi, non credi?»

«Me lo stai chiedendo o dicendo?»

Aprì la bocca, poi la richiuse, non sapendo come rispondere.

«È questo che vuoi?»

Aggrottò la fronte. Ciò che voleva e ciò che pensava fosse meglio erano in realtà due cose diverse. O meglio, voleva entrambe le cose: voleva che il mondo intero sapesse che Ben l'aveva scelta come compagna, ma voleva sempre guadagnarsi il rispetto delle persone con cui lavorava. Sospirò. Perché le cose erano così complicate per le donne sul posto di lavoro?

«Sì, credo di sì.»

Ben scrollò le spalle. «Va bene. Cercherò di non strapparti le gonne mentre siamo in ufficio.»

Ridacchiò. «Grazie, credo.»

Ben entrò nel parcheggio e presero l'ascensore insieme. Pensò di insistere perché salissero separatamente, ma Ben sembrava già che volesse prenderla in braccio invece di lasciarla camminare con le stampelle, quindi tenne la bocca chiusa.

Karen era seduta alla sua scrivania quando arrivarono

insieme, ma se pensava che fosse strano, non lo diede a vedere.

Ben portò la sua borsa in ufficio e la posò. «Hai bisogno di qualcosa?»

«Cosa? Pensi di *portarmi* un caffè?»

«Se me lo chiedi gentilmente.» Abbassò la voce. «Forse se tiri su un po' la gonna?»

Sentì il viso accaldarsi e prese una penna e gliela lanciò. «Esci. Preparo io il caffè qui. Ne vuoi?»

Sorrise. «No.» Si sporse sulla soglia, contemplandola per un momento.

La temperatura corporea le salì di diversi gradi, riscaldata dal suo sguardo affamato. Aprì la bocca, ma tutti i pensieri e le parole erano volati via.

Ben ammiccò, spostando la sua grande figura dalla soglia con una grazia che smentiva le sue dimensioni. Se ne andò, prendendo il suo respiro con sé.

Si sedette alla scrivania, sorridendo. Amava la sua vita.

Circa quaranta minuti dopo, Ben la chiamò. «Vieni nel mio ufficio.»

Prese il computer portatile ma si rese subito conto che non poteva portarlo con sé e usare le stampelle. Abbandonato il computer portatile, zoppicò verso il suo ufficio.

«Chiudi la porta, Ashley» disse. La chiuse di scatto.

«Sei troppo lontana laggiù» disse, sollevando il mento in direzione del suo ufficio.

Fece del suo meglio per camminare con le stampelle e si lasciò cadere sulle sue ginocchia. «È abbastanza vicino?» chiese, portando la voce a una nota bassa e seducente.

«Non proprio.»

Si sporse e gli baciò il collo. «Che ne dici di questo?»

«Mmm, non ne sono sicura.»

Si inginocchiò ai suoi piedi e gli morse i pantaloni all'inguine, sperando che il suo respiro caldo e umido raggiungesse il cazzo attraverso il tessuto. «Che ne dici di questo?»

La sua virilità si tese contro i pantaloni. Gemette. «Potrebbe essere troppo vicino» disse con voce strozzata. Afferrandole gli avambracci, la sollevò di nuovo in grembo.

Lei finse un broncio.

«Non preoccuparti, mia piccola assistente. Ti chiederò tutti i tipi di servizi del genere.»

Le passò il pollice sul labbro inferiore. «In effetti, proprio stamattina ho deciso di prenderti in ogni singola stanza di questo edificio. Ciò significa ogni piano, ogni cubicolo, ogni bagno, ogni sala conferenze, forse anche gli armadi. Quanto tempo pensi che ci vorrà?»

La figa pulsava, già pronta per l'attività da lui suggerita.

«N-non ne sono sicura» riuscì a dire.

«Beh, vorrei che tu lo calcolassi, Ashley. Ho bisogno di una lista da cui partire. Sulla mia scrivania entro la chiusura degli uffici, capito?»

Il suo pavimento pelvico si sollevò mentre le pareti della vagina tremolavano. «Sì, signore» sussurrò.

«Ma in questo momento, avevo in mente un altro tipo di lavoro.»

Si raddrizzò. «Cosa posso fare per lei, signor Stone?» chiese, usando ancora un tono sensuale.

«Hai mai messo insieme quel rapporto su chi devo tagliare dal middle management?»

«Sì, signore, vuole che vada a prenderlo?»

«Per favore» disse, tenendole le mani sui fianchi mentre lei si alzava. «E poi torna *qui*», disse, tirandola indietro per farla sedere sulle sue ginocchia per un momento.

Lei ridacchiò.

«Oh, ho tutti i tipi di piani per lei proprio qui in questo ufficio» disse maliziosamente. «Mi sembra di ricordare che si era chiesta se sarebbe stata sculacciata sul lavoro?»

Il suo sorriso si allargò ancora di più, la lussuria si fece ancora più ardente. Lui agitò le sopracciglia. «Faresti meglio a mettere i puntini sulle i e le stanghette sulle t, signorina Bell, o ti farò piegare su questa scrivania con le mutandine abbassate prima che tu possa dire 'sì, signore', e sai che Karen sentirebbe tutto.» Il suo viso si fece caldo, il battito accelerò. «Torno subito con quel rapporto, signor Stone» disse, abbandonando le stampelle per coprirsi il sedere e lanciandogli un'occhiata bollente da sopra la spalla.

* * *

Ben si spostò sulla sedia per sistemare il cazzo indurito. Lavorare con Ashley avrebbe reso ogni giorno un piacere tortuoso. Sembrava strano quanto si sentisse diverso nel lavorare alla Stone quel giorno. Ora era una persona completamente diversa. Finalmente non era solo pronto, ma entusiasta di fare la cosa giusta per l'azienda di suo fratello.

Ashley tornò, portando il suo computer portatile e si rese conto che non stava usando le stampelle. Non avrebbe dovuto mandarla di corsa avanti e indietro, avrebbe dovuto semplicemente andare nel suo ufficio, ma sapeva che amava la dinamica capo/assistente.

Si lasciò cadere di nuovo sulle sue ginocchia.

Lui inspirò il profumo dei suoi capelli e la avvolse tra le braccia.

Aprì il computer e lui guardò da dietro le sue spalle mentre tirava fuori il rapporto.

«Questa è la lista. Li ho messi in ordine di stipendio, dal più alto al più basso, poi sono elencati i nomi, il titolo e il motivo per cui penso che non stiano lavorando bene o che dovrebbero essere tagliati.»

Scorse la lista. Sembrava che basasse le decisioni su obiettivi di performance mancati, vendite in ritardo, spese fuori budget e turnover all'interno del loro reparto.

«Quanto tempo hai impiegato per mettere insieme tutto questo?»

«Beh, ci ho lavorato tutta la settimana scorsa, quindi circa trenta ore per raccogliere e analizzare tutti i dati necessari.»

«Okay. Invia il rapporto a Beth delle risorse umane e chiedile di fare i tagli.»

Ashley si irrigidì. «Aspetta, farai i tagli e basta? Basandoti solo sulla mia opinione?»

«Sì. Perché non dovrei?»

«Beh, stiamo parlando dei mezzi di sostentamento delle persone. Non sono sicura di essere davvero qualificata per prendere queste decisioni definitive. Ti stavo solo raccomandando di rivederla e farti un'idea.»

«E mi fido della tua raccomandazione. Hai bisogno di rivederla ora che sai che sei tu a prendere la decisione finale?»

Lo guardò con gli occhi spalancati, poi iniziò a scorrere il suo rapporto con aria frenetica. Dopo un momento, alzò di nuovo lo sguardo. «No.»

Sorrise. «Quindi mi hai dato la tua migliore raccomandazione la prima volta?»

«Sì, signore.»

«Brava ragazza.»

Arrossì, sembrando compiaciuta.

«Ora, Ashley, dobbiamo discutere di una cosa.»

«Sì, signore?»

«Uno dei tuoi compiti più importanti, come mia assistente e come mia fidanzata, è proteggermi dai miei stessi errori. Quindi se faccio qualcosa di stupido come chiederti di portarmi un rapporto quando dovrei sapere che non puoi portare il tuo portatile e usare le stampelle, è tuo compito farmelo sapere così non mi sentirò un idiota quando lo capirò da solo.»

Sorrise e abbassò gli occhi. «Mi sento molto poco sexy con queste stupide cose» disse.

La sollevò dal suo grembo e la girò per piegarla sulla scrivania. Tirandole su la gonna, le fece scivolare lentamente le mutandine rosa di seta fino alle cosce. «Lascia che ti mostri cosa succederebbe se ti beccassi di nuovo a camminare senza» disse, alzandosi e aprendo il cassetto della scrivania, dove trovò un righello di legno da cinquanta centimetri, largo cinque e spesso tre millimetri.

Lo calò con decisione sui suoi glutei esposti.

Ansimò, stringendo le natiche. «Ben» sussurrò. «Karen sentirà.»

«Hmm» disse, tirandole su le mutandine e riprovando. Il suono risultò leggermente più attutito.

Lei ansimò di nuovo, barcollando in avanti.

Le diede un colpetto con il righello sul sedere. «Potrei dover trovare qualcosa di più silenzioso da tenere qui nel mio ufficio per quando ti comporti male.»

Ashley gemette e il profumo della sua eccitazione gli riempì le narici. «Perché voglio essere in grado di fornirti un feedback immediato sulla tua performance qui in ufficio» disse, schiaffeggiandola ancora una volta, molto più forte questa volta.

Ashley squittì.

Le sfilò di nuovo le mutandine, trascinandole via sopra il suo ingombrante gesso. «Allarga le gambe, Ash» mormorò.

Il suo respiro ansimante lo eccitò. Tirò fuori un preservativo dalla tasca e sbottonò i pantaloni, inguainando il cazzo desideroso. Le strofinò la cappella sulla figa, stuzzicandole il clitoride e diffondendo la sua umidità su e giù. «Oggi userò un preservativo, ma ci potrebbero essere momenti in cui sceglierò di riempirti con il mio seme» la avvertì.

Prese nota di avere una discussione seria sulla contraccezione con lei più tardi, ma in quel momento, minacciarla con il pericolo di partorire i suoi cuccioli lo eccitava e, in base al rilascio di lubrificante fresco dalla figa, aveva lo stesso effetto su di lei.

Premette contro il suo ingresso, aprendole le labbra interne. Lei si allungò per permettergli di entrare, il suo calore gli avvolse il cazzo. Spinse fino in fondo e le afferrò i capelli, tirandole indietro la testa. «A chi appartieni?» chiese, uscendo lentamente e seppellendosi ancora una volta nel suo dolce passaggio, ancora più in profondità questa volta.

«A te» ansimò.

Lui pompò un po' più velocemente, senza lasciarle i capelli. «Di' *appartengo a Ben Stone*.»

La figa sgorgò umidità. «Appartengo a Ben Stone.»

Lui perse il fiato. Lasciandole andare i capelli, le avvolse un braccio attorno ai fianchi per evitare di farle sbattere il bacino contro il legno duro della scrivania mentre la prendeva bruscamente, arando dentro e fuori, seppellendo il cazzo nel suo calore più e più volte finché il suono del suo grido gutturale non gli fece perdere ogni controllo. Sparò il suo carico, continuando nel frattempo a masturbarsi dentro e fuori. Allungò la mano tra le gambe di Ashley e le pizzicò il clitoride. Lei strinse le labbra per emettere un urlo, sobbalzando sotto di lui, le pareti del suo sesso si contrassero attorno al suo membro, spremendo fino all'ultima goccia dello sperma dal cazzo.

Pochi minuti dopo, quando ebbero ripulito, la tirò di nuovo in grembo sulla sedia. «Pensi che Karen abbia sentito?» la prese in giro.

«Oh, Dio, cosa mi stai facendo?»

«Mi sto solo assicurando che tu capisca i tuoi estesi doveri qui.»

Si voltò, inginocchiandosi su entrambi i lati della sedia e premendo i seni contro il suo viso. «Sono a sua disposizione, signor Stone» disse.

Lui le strinse e impastò il culo, già pronto per un altro round. «Accidenti» gemette. «Stai per farti scopare di nuovo.»

«Devo andarmene?»

Lui gemette di nuovo: il suo odore gli faceva girare la testa, la sensazione delle morbide curve sotto le sue mani era troppo forte per rinunciarci. Con sforzo la lasciò andare. «Faresti meglio a rimetterti le mutandine e poi sederti alla scrivania fuori dalla mia portata.»

«Sì, signore» mormorò. Obbedì, sistemandosi sulla sua scrivania con le gambe lisce incrociate, il gesso che penzolava sul fondo. «Aveva qualcos'altro da discutere?»

Lui raccolse i pensieri e si schiarì la gola. «Sì. Stavo pensando che dopo il lavoro potremmo andare a cercare delle case. O ti piacerebbe farne costruire una?»

Le si illuminò il viso. «Oh, davvero? Per viverci?»

Sorrise. «Sì.»

«Costruire una casa sarebbe divertente» disse con gli occhi che le brillavano.

«A cosa stai pensando?»

«Qualcosa sulle colline con una parete di finestre e una vista fantastica.»

«E una piscina?»

«Come hai fatto a sapere che nuoto?»

Sorrise. «Mi hai detto che hai fatto la scuola statale al liceo. Inoltre, sei la mia compagna. È il mio lavoro sapere cose su di te.»

Lei scivolò giù dalla scrivania e si lasciò cadere di nuovo sulle sue gambe, premendo le labbra sulla sua bocca. «Non smetti mai di sorprendermi.»

«Bene» disse. «Ho intenzione di tenerti sulle spine. Se non dobbiamo andare alla ricerca di una casa, forse stasera potremmo trovare quell'anello per il tuo dito.»

Ashley arrossì. «Non ho davvero bisogno di un anello. Non volevo far sembrare che...»

La interruppe con un bacio. «No, avrai un anello. E un matrimonio come si conviene agli umani. A meno che...» Esitò, improvvisamente insicuro. «A meno che non stia andando troppo veloce e tu voglia un po' più di tempo per pensarci.»

Ashley sbuffò. «Pensavo fosse fatta» disse, toccandosi i segni sulla spalla.

«Per me lo è, ma capisco se hai bisogno di più tempo.»

Lo guardò negli occhi verdi, perdendosi nel loro calore. «Grazie, ma da come ho capito io, appartengo già a Ben Stone, quindi non vedo alcun senso nel resistere.» Sorrise. «Ma forse un lungo fidanzamento darebbe alla mia famiglia e ai miei amici il tempo di conoscerti e adattarsi all'idea.»

Le sistemò un ricciolo dietro l'orecchio. «Per me è perfetto, tesoro.»

«Non dovresti chiedermi di sposarti o qualcosa del genere?»

«Oh» disse lui, raddrizzandosi. «Scusa.» Si schiarì la gola. «Ashley Bell, ho bisogno di te nella mia vita. Ho bisogno di averti al mio fianco al lavoro e nel mio letto di notte. Ho bisogno di starti vicino, di respirare il tuo profumo e di toccare la tua pelle per il resto dei miei giorni su questa terra. Se mi prenderai come tuo marito e compagno, ti prometto che lavorerò ogni giorno per mantenere il sorriso sulle tue labbra, per riempire la casa con il mio amore e per darti il meglio di me. Provvederò a te e ti proteggerò, imparerò a darti ciò di cui hai bisogno e ciò che desideri, e non mi allontanerò mai, mai. Accetteresti?»

«Gesù.»

«Cosa?»

«È stata la proposta migliore che abbia mai sentito in vita mia. Vorrei averla registrata.»

«Hai intenzione di rispondermi?»

Gli prese il viso tra le mani. «La mia risposta è sì, lupo. Sarò tua moglie e la tua compagna. Farò del mio meglio per servirti, per riempire la tua casa di amore e di piccoli lupi.»

«Cuccioli» la corresse, sbattendo rapidamente le palpebre.

«Vuoi dei cuccioli?» chiese dolcemente.

Questa volta vide delle vere lacrime spuntare nei suoi occhi prima che lui le ricacciasse indietro. «Non l'ho mai voluto... ma ora...» Si fermò e deglutì. «Sì. Mi piacerebbe.»

«Allora sì. La mia risposta è sì. Sono tua, Ben Stone. In ogni modo possibile.»

«Ashley» mormorò, allungando una mano verso il suo viso. Incontrò le labbra con le sue, baciandola dolcemente all'inizio, poi con più forza. «Mia per sempre Ashley. Ti amo, tesoro.»

«E io amo te» disse, cercando di trasmettere la piena promessa delle sue parole nella forza del suo sguardo mentre si avvicinava per un altro bacio.

I lupi mutanti di Wall Street

Grande capo cattivo

Mezzanotte
di Renee Rose e Lee Savino

Eccoci a Wall Street, dove i lupi mutanti ci mangiano a colazione.

Capitolo uno
Madi

Harvard mi vuole. Yale mi ha accettata. Persino Princeton, la mia Alma mater, dice che mi prenderà per il post-laurea. Ma proseguire negli studi quando mio fratello minore pensa di rinunciarvi sarebbe immorale – soprattutto dato che le conoscenze che mi sono fatta a Princeton possono assicurarmi un lavoretto a sei zeri a Wall Street con cui pagarglieli.

Alla *MoonCo*, il salotto delle Risorse umane è gremito di giovani professionisti dall'aria efficientissima che sembrano inclini ad accoltellarmi alle spalle senza battere ciglio.

Ho già fatto una serie di esami scritti, incluso il cruciverba di oggi – domenica – del *New York Times*, per il quale mi ci sono voluti sui sessanta secondi, dato che l'avevo già risolto venendo qui in metro.

Sono vestita alla perfezione per il posto: col mio vestito azzurro preferito, pescato dal fondo dell'armadio e all'arrivo a Wall Street – dodici ore dopo l'arrivo della lettera di rifiuto della borsa di studio per mio fratello – reso più scialbo dall'abbinamento di una giacca elegante.

Me la raddrizzo bene, insieme alla schiena, e quando mi chiamano mi alzo. Le scarpe alte a punta che mi stanno massacrando, ma che per tutti sfoggio come un'assistente – laureata sicuramente ad Harvard – che sfili in passerella, mi conducono alla sala dei colloqui.

"Madison Evans, giusto? Piacere. Genevieve Small, vicepresidente delle Risorse umane."

"Piacere mio... signorina?" Entro in una sala conferenze.

"Sì." Le concedo una stretta di mano sicura il giusto e mi accomodo. Wall Street non è certo il sogno della mia vita. È più un anti-sogno. Perciò posso incedere con l'aria della professionista perfetta senza il nervosismo che il macello di gente che sta là fuori cerca di nascondere.

"Si è appena laureata a Princeton con lode." Esamina il fascicolo che le porge l'assistente.

"Sì." Non aggiungo altro. È una questione di potere. Risponderò alle domande, ma senza vendermi spudoratamente.

"Ha frequentato la Landhower." Allude alla scuoletta per ricconi. Quella che sono riuscita a permettermi solo grazie a un *donatore anonimo* – sicuramente il mio anonimo padre. "Anch'io."

Già lo sapevo, perché i compiti li ho fatti – e fa presagire bene. I ricchi funzionano così. Mi crede dei loro: la crème de la crème di Manhattan. Non sa che tutti i ragazzini e quasi tutti gli insegnanti della Landhower mi guardavano dall'alto in basso perché vedevano benissimo che ero fuori posto. Avrò anche cervello, ma non avrò mai il pedigree. Non uno riconosciuto, almeno, grazie a quello sfaticato del mio vecchio.

Bah.

"Forza, Landsharks!" Le butto lì il nostro motto con un mezzo sorriso per addolcire il tono secco.

Non è mica scema però. Strizza appena gli occhi per studiarmi, come nel tentativo di capire se sono cretina. Rendo la mia espressione un pochino più gradevole.

Mi serve assolutamente il lavoro.

In questa qui rivedo tutte le perlacee ragazze piene di sé della scuola. Quelle che uscivano coi giocatori di lacrosse e si spostavano sulle decapottabili regalategli dai genitori. Quelle che guardavano con schifo il mio zaino liso e le mie Converse rendendo chiarissimo che sapevano che frequentavo la loro scuola solo perché la mamma vi lavorava – ai piani bassi, s'intende.

"Stiamo cercando l'assistente dell'assistente esecutiva. È un lavoro dinamico, e richiede una bella pellaccia, velocità di pensiero e attenzione ai dettagli. Le istruzioni verranno date una volta sola; ci aspettiamo poi che l'assunto sia in grado di arrangiarsi."

"Certo." Fingo platealmente di annoiarmi almeno un pochino.

"Potrebbero venir richiesti viaggi e straordinari. Fondamentalmente si dovrà essere a disposizione a qualsiasi ora. Non è un lavoro per persone con famiglia o molti impegni personali... o una vita personale."

"Nessun problema."

"Cos'ha fatto per prepararsi al colloquio?"

La guardo dritta negli occhi. "Ho fatto ricerche su ogni singolo dirigente, dall'amministratore delegato Brick Blackthroat a lei. Ho cercato indizi che potessero dirmi che ambiente aspettarmi e cosa possiamo avere in comune – tipo l'Alma mater."

Strizza gli occhi, come improvvisamente insicura che abbia davvero studiato alla Landhower. "Chi era il suo insegnante preferito alle superiori?"

"Anderson – lettere e dibattiti," rispondo disinvolta. "Mi ha insegnato a pensare con la mia testa e a difendere ciò in cui credo anche quando nessuno concorda con me."

"E a Princeton?"

"La Brown, sociologia. Mi ha insegnato ad affrontare un problema da ogni possibile angolazione."

"Ah, sì. Ho ricevuto dalla docente un'email in cui la raccomandava."

Favore che le ho chiesto ieri sera. Subito dopo aver promesso alla mamma che troverò il modo di pagare la retta di Brayden.

Torna al fascicolo. "Sul modulo ha scritto di essere stata ammessa ad Harvard e a Yale per la specializzazione, ma di aver deciso di rinunciarvi. Perché?"

"Sinceramente, mio fratello minore non ha vinto la borsa di studio universitaria in cui speravamo, e ora devo contribuire. E poi l'ambiente accademico mi annoiava. Sono pronta a qualcosa di più dinamico e impegnativo. Tipo Wall Street."

Mi spara un'occhiatina attenta sollevando il sopracciglio, come per capire se è tutto vero.

La prima parte lo è. La seconda è ciò che spero voglia sentirsi dire.

"Come si comporterà in caso di prepotenze in ufficio?"

"Chiarirò i confini senza farmi coinvolgere. Non credo sia il caso di rispondere; mi limiterò a schivare i colpi." Le rivolgo quello che mi auguro sia un sorriso furbo.

Resta impassibile. "Quanto fa tre alla dodicesima?"

Faccio un veloce calcolo a mente. "Be', tre alla dodicesima può anche essere ridotto a tre alla quarta elevato alla terza. E tre alla quarta è ottantuno. Ottantuno al cubo fa... allora, ottanta al quadrato più ottanta, più ottantuno, quindi... seimilacinquecentosessantuno. Che poi si moltiplica per ottantuno. Dunque... vuole il numero esatto o una stima?"

"Prosegua."

"Ok... diciamo seimilacinquecentosessanta più una volta ottanta più uno, quindi seimilacinquecentosessanta volte ottanta più seimilacinquecentosessanta più ottanta più uno. Perciò seicentocinquantasei volte otto fa... ehm... cinquemiladuecentoquarantotto, poi aggiungiamo due zeri e adesso facciamo seimilacinquecentosessanta più ottanta più uno. Fa... allora... cinquecentotrentunmilaquattrocentoquarantuno." Espiro. "Ma proverei anche con la calcolatrice." Stringo le ginocchia – mi aspetto chieda quante finestre ci sono a New York City o qualche altra assurdità logica, ma sembra soddisfatta.

"Sa che in caso d'assunzione dovrà cominciare domattina, vero?"

"Sì." Annuisco. "Me l'hanno detto quando mi hanno chiamata per il colloquio. Non è un problema."

"Bene." Si alza, segnale che abbiamo finito.

"Quando mi farete sapere qualcosa?"

"Lancia un'occhiata al telefono. "Entro la mezzanotte di oggi."

"Entro la mezzanotte. Certo. Disponibilità a tutte le ore. Ricevuto."

"Sarò sincera: anche se sulla carta sembra un impiego troppo semplice per una persona col suo quoziente intellettivo, si tratta della posizione più difficile che ho fra le mani."

"Capo esigente?" chiedo tranquilla.

"Molto." La vedo brillare d'un barlume d'umanità, come se sparlare di quello stronzo del capo ci stesse facendo legare. Chissà se è il meraviglioso ma notoriamente crudele Brick Blackthroat a cercare un assistente...

Be', di stronzi ne ho sopportati a volontà. E per Brayden manderò giù qualsiasi rottura. Merita le stesse possibilità che ho avuto io.

"Non sono ancora riuscita ad assumere qualcuno che abbia resistito più di tre mesi."

"Sono pronta alla sfida."

"Mi creda," – e mi stringe fredda la mano – "non lo è affatto."

Capitolo due

Brick

Il panorama della suite dirigenziale della *Moon Co.* farebbe girare la testa... a una creatura minore – a un umano. Il palazzo è tanto alto da oscillare al vento. Ma è il prezzo da pagare per l'assaggio di aria rara – e per avere il Lower Manhattan ai propri piedi.

Quassù è facile dimenticare di essere mortali. Quassù è facile sentirsi dei.

Piomba sul vetro un'ombra quando Billy, il mio secondo in comando, viene a porsi accanto a me.

"Ci siamo quasi," dice piano. So che allude al voto che facemmo molti anni fa nel dormitorio universitario – il giorno peggiore della mia vita. Il giorno in cui papà venne assassinato e tutto ciò che aveva costruito distrutto.

"Quasi," ringhio. Osserviamo l'edificio qui di fronte. L'edificio eretto dai nemici per schernirci.

"Manca poco." Mi batte la mano sulla spalla. "Gli Aduwulf non sanno cosa li aspetta."

Ruoto su me stesso per prendere posto a capotavola. Billy va ad aprire la porta, segnale che la riunione sta per cominciare. Cominciano a sfilare dentro i dirigenti.

Allora lo sento. Un profumo dolce, intenso e agrumato ma complesso come noce moscata. Mi fa venire l'acquolina.

Rischio di sbattere fuori qualcuno a parolacce. Profumi e colonie sono banditi dagli uffici. È scritto chiaro e tondo nel manuale per gli impiegati – praticamente in prima pagina. E Billy si diverte un sacco a licenziare i nuovi che se ne dimenticano.

Non è profumo però. È un odore naturale. Ma di chi?

Lì, all'ascensore.

La Nuova.

Ho cacciato la segretaria venerdì, il che significa che l'assistente Indira è salita di qualche gradino – e adesso al suo posto mi ritrovo una neolaureata con le stelline negli occhi.

Disinvolta, si studia l'ultimo piano. Non è diversa da qualsiasi altra segretaria. Giovane, professionale. Porta un corto caschetto scuro e folto e un audace rossetto rosso.

Ma l'odore... me lo tiro dentro le narici, me lo assaporo per benino.

Noce moscata e arancia. Forse con una punta esotica, come franchincenso.

"Quella chi è?" Billy si butta sulla sedia e si appoggia allo schienale tenendola in equilibrio sulle due gambe posteriori, in uno sfoggio di potenza che nessun essere umano potrebbe permettersi. Alla mia occhiataccia, lascia cadere anche le altre due gambe con un tonfo. "La nuova segretaria della tua segretaria?"

Ha assistito al licenziamento dell'altra. Mi ripasso assistenti come lui si ripassa zoccole.

"Sarà, sì."

"Vuoi che la faccia entrare?"

"Sì." Al mio solito direi di no. Al mio solito la degnerei di uno sguardo solo volessi qualcosa. Ma devo assolutamente esaminarne meglio l'odore.

Billy guarda Indira e indica la Nuova. Le fa segno di avvicinarsi, come irritato perché non è ancora venuta a presentarcela. È bravo quasi quanto me e far tremare di paura i sottoposti.

La Nuova però non sembra spaventata. La osservo entrare dietro a Indira. E mi viene voglia di leccarla dalla testa al clitoride non appena ne colgo una bella zaffata.

Strana reazione, visto che è umana.

Non è nemmeno un gran vedere. Insomma, sì, è carina, ma non ha nulla di dolce o remissivo. Qualcosa nella postura del collo, nel mento sollevato, nella totale assenza di sussulti quando la guardo in cagnesco fa pensare che covi chissà quale risentimento. Dieci anni in più e sarebbe uguale a una di quelle dirigenti con gli attributi. Un demonio in gonnella, nata per dominare ogni ufficio. Do lavoro a una manciata di queste qui. Ci vuole forza per farcela, dalle mie parti.

Mi squadra subito anche lei, chissà come riuscendo ad apparire rispettosa e ricettiva ma anche assolutamente intrepida, malgrado sia il suo primo giorno di lavoro.

Ho un po' voglia di sbattermela subito a sangue. Soprattutto perché prima che entrassero l'ho sentita mormorare a Indira, "Allora è questo qui il grande capo cattivo". Ovviamente non può sapere che a questo piano non esiste conversazione impossibile per il mio udito.

Più si avvicina più il suo odore mi permea i sensi. È tanto piacevole che mi fa venir voglia di attaccare. Ma mi viene pure duro adesso?!

Mi alzo. "E tu chi saresti?"

"Signor Blackthroat, le presento..." comincia Indira.

"Madison Evans." La Nuova spara in fuori la mano, pronunciando il proprio nome contemporaneamente a Indira. Regge tranquillamente il mio sguardo – ma senza sfida; solo con attenzione. Mi sta leggendo dentro. Vorrei trovare una critica da muoverle, ma non ci riesco. È il giusto miscuglio di sicurezza e umiltà. Né eccessivamente audace né rammollita. Ha modi fastidiosamente affascinanti.

La odio già. Le stringo la mano. Pelle morbida. Per una qualche ragione, mi viene da pensare che ormai avrò il suo odore sul palmo. Non che voglia controllare, eh.

"Mi chiamano tutti Madi."

"Io ti chiamerò Madison... *se* ricorderò il tuo nome. Mi aspetto tu risponda anche agli appellativi di Assistente, Segretaria, Nuova o qualsiasi cosa ti urli." Le mollo la mano.

Ben lontana dal farsi prendere alla sprovvista, le piomba in volto una puntina di divertimento. "Risponderò a quello che vuole," mi assicura chinando appena il capo.

"Bene. Adesso senti che caffè vogliamo." Faccio scattare in su un sopracciglio, come avesse dovuto già saperlo anche se è il suo primo giorno. A Indira dico, "E le relazioni finanziarie dove sono?"

· · ·

© Midnight Romance Publishing

* * *

Odio il capo.

Il magnate di Wall Street è un cretino. Uno stronzo alfa di livello mondiale.

Causticamente bello... ma terribilmente imperfetto.

Il tipo di uomo impossibile da soddisfare con modi affettati...

...nonché investito di potere e denaro.

A scuola ho conosciuto bulli come lui, perciò non ho paura.

Mi spaventa invece di esserne attratta. Trovar piacevole bisticciarci.

Gi spogliarelli verbali. E l'espressione imperscrutabile che ha dopo.

È il pericolo stesso – avvolto nel potere...

...e resistergli sta diventando sempre più difficile.

Odio la nuova assistente.

Le odiavo tutte, ma questo è un odio diverso. È un odio perverso.

È molto efficiente e sagace... e risponde a tono.

E poi questa piccola umana odora di tentazione. Non c'è niente di peggio.

È vestita per uccidere, e io rischio di morire.

Uno di questi giorni mi provocherà troppo.

Ah... non ha proprio idea di cosa accade

quando si sguinzaglia un lupo alfa contro alla preda.

. . .

Mezzanotte è il primo libro della trilogia *Grande capo cattivo*. Vede un capo – un lupo mutante stronzo e miliardario – alle prese con un'assistente dall'intelligenza impareggiabile.

Leggi ora

OTTIENI IL TUO LIBRO GRATIS!

Iscrivetevi alla newsletter di Renee per ricevere Indomita, scene bonus gratuite e notifiche riguardo a nuove pubblicazioni!

https://subscribepage.com/reneeroseit

Altri libri di Renee Rose

https://reneeroseromance.com/italiano/

Wolf Ridge High

Alfa Bullo

Alfa Cavaliere

Fratellastro Alfa

Re Alfa

Bastardo alfa

Alfa ribelli

Tentazione Alfa

Pericolo Alfa

Un premio per l'Alfa

Una Sfida per l'alfa

Obsession Alfa

Desiderio Alfa

Guerra Alfa

Missione Alfa

Tormento Alfa

Segreto Alfa

La Preda dell'Alfa

Il sole dell'Alfa

Sangue Alfa

La luna dell'Alfa

Giuramento Alfa

La vendetta dell'Alfa

Fuoco Alfa

Salvataggio Alfa

Ordine Alfa

I lupi di Wall Street

Grande capo cattivo – Mezzanotte

Grande capo cattivo – Il folle della luna

Grande capo cattivo - La marchiata

Grande capo cattivo: Gli accoppiati

Wolf Ranch

Brutale

Selvaggio

Animalesco

Disumano

Feroce

Spietato

Due Segni

Indomita (gratuito)

Tentazione

Deseada

Sedotta

Alpha Doms

La brama dell'Alfa

Padroni di Zandia

La sua Schiava Umana

La Sua Prigioniera Umana

L'addestramento della sua umana

La sua ribelle umana

La sua incubatrice umana

Il suo Compagno e Padrone

Cucciolo Zandiano

La sua Proprietà Umana

La loro compagna zandiana (gratuito)

Le spose zandiane

Notte degli zandiani

Comprata dagli zandiani

Dominata dagli zandiani

Luci zandiane: il romanzo della festa aliena

Trattenuta dallo zandiano

Reclamata dallo zandiano

I peccati di Chicago

La tana dei peccati

Radicato nel peccato

Uomo d'onore

Non provocarmi

Non tentarmi

Non costringermi

Dominami - la serie

L'autore

L'autrice oggi bestseller negli Stati Uniti Renee Rose ama gli eroi alfa dominanti dal linguaggio sboccato! Ha venduto oltre un milione di copie dei suoi romanzi bollenti, con variabili livelli di erotismo. I suoi libri sono comparsi su *USA Today's Happily Ever After* e *Popsugar*. Nominata *Migliore autrice erotica da Eroticon USA* nel 2013, ha vinto come autrice antologica e di fantascienza preferita dello *Spunky and Sassy*, come miglior romanzo storico sul *The Romance Reviews* e migliore coppia e autrice di fantascienza, paranormale, storica, erotica ed ageplay dello *Spanking Romance Reviews*. È entrata dieci volte nella lista di *USA Today* con varie antologie.

Iscrivetevi alla newsletter di Renee per ricevere scene bonus gratuite e notifiche riguardo a nuove pubblicazioni!
https://www.subscribepage.com/reneeroseit

facebook.com/Autrice-Renee-Rose-101548325414563

instagram.com/reneeroseromance